U0908170

【俄国】伊万·安德列耶维奇·克雷洛夫／著
晓晓／整理

克雷洛夫寓言

KELEILUOFU YUYAN

 南京大学出版社

图书在版编目(CIP)数据

克雷洛夫寓言/晓晓整理. -南京:南京大学出版社,2009.4(2018.1重印)

(青少年课外阅读系列丛书)

ISBN 978-7-305-05869-1

Ⅰ.克… Ⅱ.晓… Ⅲ.寓言-作品集-俄罗斯-近代-缩写本 Ⅳ.I512.74

中国版本图书馆CIP数据核字(2009)第057866号

出版发行 南京大学出版社

社　　址 南京市汉口路22号　　　　**邮　　编** 210093

出 版 人 金鑫荣

丛 书 名 青少年课外阅读系列丛书

书　　名 **克雷洛夫寓言**

著　　者 [俄国]伊万·安德列耶维奇·克雷洛夫

整　　理 晓　晓

责任编辑 孟凡晓　　　　**编辑热线** 025-83207098

审读编辑 王向民

照　　排 南京新洲印刷有限公司

印　　刷 皖南海峰印刷包装有限公司

开　　本 787×1092　1/16　　**印　张** 10.5　　**字　数** 147千

版　　次 2009年4月第1版　　2018年1月第6次印刷

ISBN 978-7-305-05869-1

定　　价 16.80元

网　　址 http://www.njupco.com

官方微博 http://weibo.com/njupco

官方微信 njupress

销售咨询热线 025-66665152

前　言

《克雷洛夫寓言》是一部经典的寓言作品，是一朵世界文化的奇葩。作者伊万·安德列耶维奇·克雷洛夫(1769—1844)，是俄历史上最杰出的寓言作家，被誉为是与希腊的伊索、法国的拉封丹齐名的世界三大寓言家之一。他晚年开始创作寓言故事，一生共创作了203篇寓言，全部收录在《克雷洛夫寓言全集》中，1809年出版以后，产生了极大的轰动。此后，该寓言集多次增订、再版，并被译成十多种外国文字，在世界各地广为流传，在世界文学史上具有极其重要的地位。

《克雷洛夫寓言》的艺术特色十分鲜明，篇幅短小精悍、通俗易懂，语言简明洗练、生动传神，故事情节富于变化、充满戏剧性，塑造形象栩栩如生、多姿多彩。故事多运用拟人化手法，以物喻人，故事中的动物基本上都是人的化身，通过动物的口吻讲述了一个个深刻的道理，不仅告诫我们在生活中应当如何为人处世，还影射了当时的社会背景，揭露了统治阶级及其帮凶的罪恶，真实、准确地反映了当时广阔的社会生活画面，有着极强的人民性和现实性。

《克雷洛夫寓言》的内容则丰富多彩，既有对俄罗斯美丽的自然风光的描写，又有对那儿古朴淳厚的风土人情的叙述；既揭露了当时统治阶级及其帮凶的罪恶，塑造了众多的反面形象，又歌颂了劳动者的勤劳、公正、无私等优秀品质，树立了许多值得讴歌的正面形象。总体上，全部寓言故事可以分为三类：第一类是揭露沙皇的专制统治、讽刺统治阶级的专横与罪恶的故事，比如《狼和小羊》中描写了强权者狼总是会找一些冠冕堂皇的理由来残害弱势者小羊的故事。第二类是歌颂劳动者优秀品质的故事，比如《鹰和蜜蜂》中赞扬了蜜蜂默默地为社会作出奉献，从不夸耀功绩也不求回报的高尚品格。第三类是揭示日常生活中的人性弱点，富有告诫与教育意义的故事,比如《乌鸦和狐狸》的故事,就告诫我们要谨防"糖衣炮弹"的袭击,要记得在别人的甜言蜜语中保持清醒的头脑。

总之,克雷洛夫用寓言这种短小的形式表达了丰富的思想内容,他的寓言中不仅充满了浓郁的俄国生活气息,还有诗情画意的艺术境界;既有抑恶扬善的道德准则,又有追求人生的理想理念……整部寓言故事充满着无穷的艺术魅力,堪称一部风靡世界的经典之作。

目 录

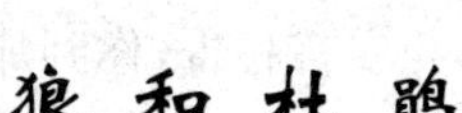

狼和杜鹃

狼生性残暴，到处捕杀小动物，并时不时与周围邻居发生争斗，搞得邻居们都怨声载道，不愿和狼做朋友。狼感觉到既孤独又委屈。

一天，狼对一只杜鹃说："再见了，我亲爱的邻居！我已经无法在这里安居乐业，在这里我一天都住不下去了！你瞧瞧这里的人和狗，一个比一个还难伺候，都是些坏脾气、坏心眼的家伙。即使你像天使那样善良，它们也会跟你吵架，与你为敌，我实在是忍受不了了。"

"那么，亲爱的狼先生，请你告诉我你要到什么地方才能找到你所想象的诚实的人们？在哪儿你才会和那里的人们和睦相处呢？"杜鹃认真地问道。

"哦，我正要告诉你，我要跑到森林的深处，那里没有别的外来动物能找到，那才是真正的世外桃源。亲爱的朋友，那儿可真是个好地方。据说那里没有人知道什么是战争——你讲战争根本就没有人听得懂，更没有人要和你发动什么战争，大家都像天使一般温和善良。那里的河流中流淌的全都是牛奶，像水一样哗哗地流，你想怎么喝就怎么喝，没有人来限制你的。我还听说那儿的狗不会咬人，而且无论白天黑夜都不叫，你想一想要是那样的话，以后我吃小羊的时候就再也不用担心害怕，想什么时候吃就什么时候吃，想吃多少就吃多少，再也用不着饿肚子了。我将要在那个世外桃源建立美好的家园，享受人间生活，我一定会过得十分富足、和睦、安闲！哪会像现在时刻都要留神，一不小心就有可能和别人发生战争；还经常没有肉吃，穷酸得要死；甚至连睡个觉都不会睡好，因为你还在担心别人有没有在你睡着的时候来说你坏话。"

杜鹃听完狼讲的话，说道："亲爱的狼先生，你说的可真是一个世外桃源，你真的要去那个地方吗？祝你一路顺风，顺便问一句，你的凶恶的习性和残忍的手段到那里是要悔改吗，还是一如既往呢？"

"废话，鬼才会改掉呢，要是改掉这种习性，我就不需要离开这儿了，在这里我也能生活得很好。”狼连想都没想直接就说。

“那么，请你不要介意，我实言相告，你到那里不久就会被那里的人们剥掉你的大灰皮的，我劝你还是不要去了。”杜鹃真诚地劝告狼说。

狼哈哈大笑，大声说：“你不要骗我啦，在那样的世外桃源，能有人来剥我的皮？谁相信你的鬼话，你肯定是在嫉妒我。”

说完，狼就跑了。

不久，狼刚刚到它所说的那个世外桃源，就被牧羊犬给咬死了。

花

富丽堂皇的房间，窗口敞开，几只瓷花瓶里插着五彩斑斓的假花，和真正的花朵摆在一起。它们左右摇晃，神态傲慢，炫耀自己的美丽。忽然，空中洒落了雨滴，假花急急忙忙向神灵祷告，祈求宙斯不要下雨，并对雨水说出诅咒的话语：“宙斯！请停止降雨吧！雨水又有什么用？它是世界上最讨厌的东西！看，下雨天路难行走，到处是水洼，遍地是泥泞。”

可宙斯不理睬假花的哀求，雨丝淅沥地继续洒落大地，驱散了酷热，凉爽了空气，大自然重新恢复了生机，绿色的世界仿佛更换了新衣。这时候窗口上的那些真花，朵朵怒放，争奇斗艳，经过雨水滋润，变得更香、更美、更俏丽。倒霉的假花却从此失去了娇艳，好像团团废弃的垃圾，抛在庭院无人搭理。

一个人若真有才华，必定能正视褒贬誉毁，批评无损天才的光辉，只有假花，才怕雨水。

守 财 奴

有位灶神守护财宝，这财宝在地下埋藏。有一天魔王忽然下了命令，差遣灶神去遥远的地方，而且不是三年五载，时间很长。命令必须执行，不管你高兴不高兴——当差就是这样。

不过，灶神自有他的烦恼，自己一走，谁来看守财宝？假如修个仓库雇人看管，那得花费一大笔金钱；就这样丢下不管，不出一个昼夜，可能会丢失财宝；有人会挖掘，有人会偷盗：人很机敏，财迷心窍。

他想啊，想啊，终于有了主意，原来这家的主人——是个吝啬鬼，是财迷。灶神带着财宝走到吝啬鬼面前，对他说道："尊贵的主人！我奉命远行将去天涯海角。我们向来相处得很好，特来告别，为表示心意，请你务必收下我这些财宝！不必害怕，你可以尽情享用，用它们饮酒、会餐、寻开心！待到你寿限将尽，我就是你的继承人，这就是我的全部条件。当然，祝你健康长寿是我的心愿！"灶神说完，起程上路。

过了十年，又过了十年。灶神飞回家乡，他的差使已经办完。他看到了什么？令人惊异！守财奴饿死在钱箱旁边，钥匙紧紧攥在手里——财宝完整，没丢失任何东西！灶神又得到了他的财宝，他从内心里感到欣喜：他的守财奴居然没花费一枚银币。守财奴不吃不喝守着黄金，守来守去岂不是为了灶神？

野　菊

在一片草原上有一朵盛开的野菊花，花朵饱满又鲜艳，只可惜不知什么原因在夜里忽然间就要凋谢了，缩成了一团。菊花非常伤心，心想：自己的命怎么这么苦，来到人世间还没有多长时间，展示给人们看的机会还没有几次，就这样离开人间了，真是短命呀！

这时候一阵西风吹来，野菊花向西风低声说："但愿白天赶快来临吧！那时太阳升起来，普照整个大地，给每个生命以源泉。说不准我吸收了阳光，强壮身体以后，还能再活一段时间，那该多好哇！"

正说话时间，一只在旁边挖洞的甲虫说道："亲爱的野菊妹妹，你可真是头脑简单。你就不想一想，太阳公公是多么尊贵的身份呀，它有多少大事情要去做，还能有时间来照顾你的生活？太不可思议了，你死了也好，盛开也罢，它根本就不会把你放在心上。如果你能像我这样，自由自在，想什么时间飞到外边玩就飞出去，见见世面，交交朋友，该有多好呀！你与牡丹不一样，她是多么的美丽、珍贵，连时光爷爷都不忍心让她凋落，太阳公公当然不敢不照顾她了。可是你呢？你瞧一瞧，你既不香又不美，拿什么来吸引别人呢？太阳公公凭什么来照顾你呢？你就别有什么幻想了，太阳公公绝不会对你有任何关注的！太阳公公也不会再给你一点光辉了，别再做那些无谓的祈求了，安心静静地等待着死亡的降临吧！"

然而正在说话时间太阳已经升起来了，阳光普照了整个自然界，当然野菊花也包括在内，夜里将要凋落的野菊花又复苏了，漂亮极了。相反，甲虫呢，受不了阳光的照射，只有偷偷地躲到别的阴暗的地方去了。

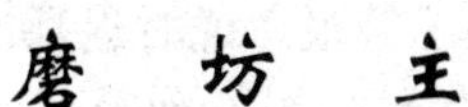

磨坊主

磨坊堤坝有一处渗水，如果及早动手堵漏洞，事故本来不严重。何苦白费工？磨坊老板竟无动于衷！

水流一天天越来越猛，像从木桶里面朝外涌。

“喂，老板！别伸懒腰啦！你该赶紧想法堵窟窿。”

可老板说：“出不了大毛病。汪洋大海我又不需要，这点水足够我用一辈子。”他躺下身去安然入梦。

坝上的水流越泻越急，一场大祸终于酿成：磨盘不动，磨坊停工。老板慌了手脚，又叹气，又心痛，现在才急急忙忙保水堵窟窿。

他站在坝旁察看豁口，发现几只鸡正喝水喝得高兴。老板大声咒骂：“下流坯！糊涂虫！没有你们搅和水还不够用！你们倒想给喝得点滴不剩！”他抄起劈柴朝鸡投去，这一来造成了什么后果？鸡死了，水没了，磨坊主落得两手空空。

我见过不少这样的先生，这寓言正该让他们听听。他们灯红酒绿一掷千金，真是挥霍无度骄奢成风。可一旦要干点正经事情，用一个蜡烛头他也心疼，为这事会吵得鸡犬不宁。这种人很快会倾家荡产，虽然他表面上有时俭省。

狼落狗圈

一天夜里，一只狼饿得要死，本想钻进羊棚里吃个痛快，结果却误入了狗圈。

狗们本来已经休息了，但当狼一进入狗圈，充当警卫的猎狗一下子就闻到了它的气味，马上拉响了警报。说时迟那时快，首先是猎狗狂叫着向它冲过来。紧接着全圈里所有的狗全都起来了，其中它们的头儿大声喊道："不好了，伙计们，有贼！"狼再回头一看狗圈的大门这时已被关得死死的了，狗圈看上去就像一个阎王殿，阴森可怕。

狗的叫声也惊醒了正在熟睡中的人们，他们从四面八方赶来，都以为又是狼来吃小羊了。每个人都带着自己的武器，有的手里拿着又粗又长的木棒，有的提着猎枪。也有人在喊："快，拿灯来，拿灯来，看一下究竟是怎么回事。"整个狗圈一下子变得通亮，这时人们发现原来是一只大灰狼进入了狗圈。

这时大灰狼才真正感到了自己的危险，但它蜷曲着身体，站在墙角落里，背靠着墙。它身上的毛发都倒竖着，牙齿咬得格格直响，瞪着眼睛，好像是要把大家都当成了小羊一起来吃掉。其实它心里明白，它的处境是很不妙的。想什么办法呢，想来想去还是进行谈判的好，免得伤了双方的和气，还能把问题给顺利解决，再说了自己也是这方面的行家里手，这种办法以前不知对多少小山羊实行过了，没有不成功的。

狼于是说道："亲爱的朋友们，你们好，你们这是干什么？干嘛兴师动众的？不会是讨伐我来的吧？我想一定不会是。我可是你们的亲家和世交，我是来讲和的，你们看我冒了多大危险，显然是诚心诚意地来谈判的。我可不想争吵，更不想发生战争。请让我们为了日后的和睦相处，把过去的一切不痛快的事全给勾销了吧！我向各位保证从今往后我不但不会再动小羊的一根毫毛，而且还要为羊打抱不平，凡是有谁胆敢欺负小羊我决不会放过它，给小羊一个公道，来保护它们。请各位一定相信我，要不这样吧，我以狼的名义发誓，我……"

狼还要说下去，正在这时群狗中的头儿发话了："听着，你这个家伙，你是灰色的，永远都是狼，这一点你永远都不会改变的。你不要再欺骗我们了，我们也不会像小羊那样轻易上你的当的。别忘了我早就白发苍苍了，什么没有见过，就你这谎言是根本骗不了我的。我早就说过狼就是狼，所以我也发过誓绝对不会和狼言归于好的。要是你真的想和我们友好相处的话，那只有唯一的一个办法——把你的皮全部剥掉。”

说完，就放出一批狗把大灰狼给咬倒了。而人们则拿起自己的武器把躺在地上的大灰狼活活地给打死了。

猫和厨子

从前有一位非常有专长的厨子，他的饭菜做得特别精美香甜，在附近是出了名的好厨师。这一天厨子去参加一个亲戚的葬礼，事后在酒馆里呆了一段时间。

出门之前厨子在自己家里留了一只小猫。他非常喜欢这只小猫，因为它不但长得漂亮，而且踏实肯干，它每天守卫着厨房，逮着不少想来厨房偷吃食物的老鼠。于是厨子很放心，并且他还特意交代小猫一定要小心，这几天家里的老鼠特别多，千万别让它们偷吃了这些食物。

厨子走了以后，小猫就呆在厨房里。以前它从来都没有进到房里，现在主人单独把它放到这里，老鼠自然是不敢光临了，这儿全都是小猫儿的天下。“好多东西以前都没见过，好多东西以前都没有吃过。咦！这是什么？圆圆的像一个车轮，闻起来好香哦！不妨尝一下，也许主人不会在意，他既然这么器重我，让我单独管理这里，尝一卜也不算什么吧！”猫儿这样想。

于是它也就这样做了，吃了一口，但止不住把整个酥饼都吞了下去，因为实在是太好吃了。

既然有了第一次，就不会害怕有第二次。已经吃了半饱的小猫又闻到另外一种香味，特别的诱人，原来是厨子新做的烧鸡。本来是打算招待客人用的，但是猫儿闻到了香味，就流出了长长的口水，抓起烧鸡就啃了起来。

这时厨子回来了，他根本就没有想过要担心什么，因为有猫儿在这里什么都不用怕了。可是等他到厨房一看，自己早上起来刚做好的酥饼不见了，留在地上的只有一些酥饼的碎渣。再看一下自己可爱的小猫正躲在墙角呼哧呼哧地大吃烧鸡呢！

“哎呀，你这个坏家伙，怎么能这么馋呢，竟然偷吃东西。”厨子开始教训小猫，“你怎么一点儿也不脸红呢？我都替你脸红。”可是小猫根本就不理会厨子，依然大口大口地啃吃着烧鸡，以为厨子是在说玩笑。

“嘿，在此以前，你可是诚实无比的，从来都没有见你偷吃过什么东西。我还常常把你当作最听话的模范，到处向别人来宣扬你呢。”厨子继续说道：“可是你现在多么可耻呀！这下子所有的人都将会知道你是个骗子，你是个小偷，欺骗了主人，偷吃了主人的食物。以后你不但不能再进厨房，就是这个院子我都不会让你进来的。所有的人都将会骂你是个败类、瘟神、祸根，他们都将像痛恨狼一样来痛恨你。”

小猫仍旧是边吃边听，根本就没有把这些话放到心上。相反，烧鸡却吃得越来越快，当厨子还想对小猫再来一篇长长的教育训词，烧鸡已被小猫快要吃完了。

两 只 狗

忠实的看家狗巴尔博斯，勤勤恳恳地为主人服务；它看见自己的老相识茹茹——一只卷毛的哈巴狗，卧在窗台柔软的绒垫上好不舒服。它就像见到亲人一样非常亲热，激动得眼泪直想往下落。

它在窗下又是叫，又是跳，还不停地摇尾巴。“喂，亲爱的茹茹，自从主人把你带进豪华的住处，日子过得如何？你还记得吧，咱们在院子里常常挨饿。你现在都干些什么？”

茹茹答道:“得到幸福不知足,那可是罪过,我的主人非常喜欢我。我过得又称心又如意,不论吃喝,用的全是银餐具。我整天向老爷撒欢儿嬉戏,累了就躺在地毯或沙发上休息。你的日子过得可满意?”

巴尔博斯耷拉着尾巴,垂头丧气:“我还和过去一样,吃不上,穿不上,为给主人看家门,我只能睡墙根,下雨就挨淋;要是咬错了人,还得挨棒棍。茹茹,你这样弱小,怎么运气这么好,而我就是拼命干也是徒劳!你给主人效劳可有什么诀窍?”

茹茹风趣地答道:“说起效劳的诀窍,那可真妙!那就是因为我会用后腿走道。”许多人鸿运高照,只是因为善于用后腿走道!

骑士和马

从前有一位骑士,不但是个骑马的高手,更是个训马的能手。经他训练过的马不计其数,而这些马大多数都成为其他骑士十分欢迎的对象。一天,他从别人手里得到了一匹好马,骑士非常高兴,决心一定要把这匹马训练成全城最好、最听话的马。

于是骑士就全身心的来训练这匹马,这匹马果真被他训练得十分听话。骑士让马干什么马就干什么,根本用不着人声吆喝,更用不着用鞭子抽打,骑士对自己的成绩很满意。“这样的马可以取下笼头了,绝对不会有什么问题出现。”有一次骑士自言自语地说,“哎!我这主意真是好啊!”

正好骑士需要外出一趟,他就骑马离开了家,刚一出家门,骑士就把马笼头给取了下来。马儿感到了从未有过的自由,刚开始只是稍稍加快了步伐,抖抖身上的毛发,昂起头,轻轻松松地向前行走,似乎是在验证主人的话。骑士觉得这匹马太好了,自己把马笼头取下来,也就做对了。

就在骑士感觉着得意的时候,马很快发现没有东西来约束它,于是就野性大发，它全身热血沸腾起来，两眼闪亮，就像冒出了火花。它再也不听骑士的话了，感受到了从未有过的自由，驮着主人拼命地奔跑。穿过广阔的原野的时候，飞驰的马儿留给骑士的只有两耳的风声；渡过水洼的时候，飞奔的马儿让骑士只得到了一身的泥浆。可怜的骑士颤抖着双手，想给马重新拴上笼头，但此时的马儿早已不再理会骑士，又蹦又跳，后来竟把骑士摔了下来。

马这时候就像是疯了一样，一阵旋风似的向前飞跑。前面是悬崖，那悬崖又宽又深，马儿根本就没注意到，或是看到了也根本就不在乎。骑士担心马儿的安全，拼命地大声叫喊，可是马儿就像一听到主人的声音就受刺激似的，冲向了悬崖，最后四脚朝天地跌下了悬崖。

骑士在这时失声大哭，边哭边责骂自己："我可怜的马儿，是我害了你呀！要知道你是我这几年见到的最听话的马，可我不该把你的笼头摘下来，如果是这样咱们俩都会平安地回家，我不至于摔得满脸开花，而你也不会死得这么惨啊！"

外区来的教民

有这样一些人：如果你是他们的朋友，他们就认为你是天才，认为你是作家，并且才华第一流。要是换了另一个人，即使他声音甜美，善于歌唱，也休想得到他们的赞扬，他们从来不愿正视别人的特长。这不免让我有几分遗憾，我来讲个小故事代替寓言。

教堂里有一位教士（他像柏拉图一样能言善辩），开导他的教民多做善事，滔滔不绝，说的话像蜜一样甜。无需故弄玄虚，话中包含真理，一句句构成了黄金链。思想与情感都和天堂相联系，他披露尘世充满了虚幻。心灵牧师结束了布道，每一个教民仍在侧耳聆听，赞美天堂，心怀虔诚，不知不觉泪水盈盈。

当这些教民走出了教堂，有个教徒对另一个讲："他多么热情！多有才干！他能使人心奋力向善！可你为什么不流眼泪？莫非你是铁石心肠？还是你听不懂他的语言？"

"怎么听不懂？我为什么哭泣？我又不属于这个教区！"

狗、人、猫和鹰

一条狗，一个人，还有猫和鹰相约做朋友，起誓结盟：对友情要持久、真挚而且忠诚。他们共住一间屋，几乎总是同桌进餐，一致说定患难相依、欢乐与共，互相帮助、互相爱护，必要时不惜为朋友牺牲性命。

有一天一起外出打猎，朋友们远离住地来到了山中，他们疲惫不堪，停在溪边休息，或躺或坐已经睡意朦胧。冷不防，丛林中蹿出一只熊，张大嘴巴扑过来气势汹汹。一见大难临头危急万分，猫奔向森林，鹰展翅腾空，人，眼看着就要丧命。忠实的狗，猝然扑向猛兽，一下子死死叼住了黑熊，不管熊怎么样狠狠撕打，不怕熊发出吓人的吼声，狗吊在它身上牙不放松，直等到咬住了熊的骨头，直到它自己闭上了眼睛。

人呢？说来实在丢脸！并非每个人都比狗忠诚。正当狗缠住黑熊拼死搏斗时，那个人却乘机拣起了猎枪，失魂落魄逃得无影无踪。

口头上的友情美妙而且动听，真正的朋友却结识在患难中。这种患难知交世上罕见，常见的倒是上述的情景。如同忠诚的狗被人抛弃，被救的人一旦脱离险境，对遇难的朋友非但不管，反而到处对人家诅咒连声。

蜘蛛和蜜蜂

依我看于世无补的才干，毫无用处可言，即便它偶尔也引起赞叹。商人把夏布运到集市，这种布家家爱用人人必需。生意兴隆，商人无可抱怨，铺子里常常十分拥挤，顾客们络绎不绝川流不息。

见出售夏布如此畅销，爱眼红的蜘蛛格外妒忌；它也想织夏布赚钱赢利，决定在窗口开一个小铺，一心要争夺商人的生意。

说干就干它织了一个通宵，织出的布匹奇妙无比。这蜘蛛自负而且神气，坐在铺子里寸步不离，只等东方发白天亮以后要让全体顾客感到惊奇。

天亮了，怎么样？来了一个小淘气，一扫帚把蜘蛛铺子扫了去。蜘蛛怒冲冲，干着急。“等着瞧，上帝一定惩罚你！我要请全世界的人评评理，看我和商人谁的夏布丝更细？”

蜜蜂听了回答说：“你的细。这一点，谁也没争议。但你的布匹有啥用？它既不挡风寒，又不能裁衣。”

小猫与椋鸟

有一家养着一只椋鸟，它唱歌唱得不算太好，不过作为哲学家，名望倒挺高，附带说，它跟一只小猫是知交。这只小猫长得格外粗壮，但温和安静又懂礼貌。

有一天主人没有给小猫喂食，可怜的猫崽儿受到饥饿煎熬：它团团打转，为斋戒而苦恼，柔和地翘着尾巴悲哀地嚎叫。

哲学家启发小猫说道："朋友，你甘心为斋戒受苦，真是十足的呆头笨脑！你眼前笼子里挂着金翅雀，我看你真傻呀，小猫！"小猫说："可是良心……"

椋鸟开导说："你的见识太少！依我看所谓良心不过是胡说八道，那是心灵脆弱者不敢逾越的信条，在明智的伟人看来，纯属笑料！为所欲为方称一世英豪，这种例证，并不难找。"

椋鸟旁征博引讲得绘声绘色，道出了全部哲学的精妙。肚子空空的小猫听得高兴，一下子抓出金翅雀来几口吞掉。雀肉的滋味刺激了小猫的食欲，一只小鸟哪里够为它解饱？

第二次听从指教小猫大见长进，它告诉椋鸟："谢谢你，你真好，是你把我引上了这条正道。"小猫猛然撕碎了鸟笼，把自己的导师吃掉。

狮子与狐狸的故事

有一只狐狸从出生到现在，从来没有见过狮子，也没有听说过它的模样。

这一天，狐狸独自在小溪边玩耍，恰好一只狮子口渴了，到溪边来喝水。狐狸见突然来了一只浑身长毛，张着血盆大口的、比老虎个头还大的东西，它想：坏了，这一定是妈妈给它讲的故事里所说的吸血的魔鬼，啊！没错，一定是魔鬼！——魔鬼来了！狐狸想喊，但是嗓子发干，喊不出来。狐狸又想跑，却觉得双腿像灌了铅，有十万斤重似的，一寸地方都挪动不了，狐狸吓得闭上了眼睛，等待着不幸的事情发生。

狮子刚吃饱肚子，并不想再吃狐狸了，它只是到溪边喝了几口水，就心满意足地回森林去了，它经过吓呆了的狐狸身边时，闻到了一股尿的骚味，原来，狐狸吓得尿了裤子，尿水正顺着裤腿滴下来。狐狸等了半天，可怕的事情并没有发生，狐狸睁开眼睛，却早已经没有了狮子的踪影，狐狸晃晃脑袋，怀疑刚才只是自己做了一个可怕的梦。“现在梦醒了，没事了。”狐狸这样安慰自己，尽管它的心里还在“呯呯”直跳呢。

过了没几天，狐狸在路上又遇见了狮子，当时狮子正在一棵树下打盹，狐狸看见狮子，先是吓了一大跳，因为这次距离狮子比上次远得多，而且狮子又趴在地上，狐狸不像上次那么恐惧，但它也明白了，上次自己真的不是在做梦，大概是真的遇见了狮子了。

有一次，狐狸又遇见了狮子，这已经是它第三次遇见狮子了，因为前两次狮子都没有伤害它，所以它对狮子已经不再恐惧了，它走到十来米远的地方，向狮子热情地打招呼：“狮子先生，您好哇！”“好，好，很好。”狮子也很礼貌地回答，然后他们就热情地东拉西扯起来。

后来，狮子和狐狸还成了很要好的朋友。

农夫与毒蛇

冬天过去了，冬眠的毒蛇从洞里爬出来，在路边晒太阳。一个农夫走了过来，毒蛇赶快爬上前，殷勤地对农夫说：“邻居，我在你家后面住了一个冬天了，你还不知道吧？”

农夫皱了皱眉，沉着脸问：“你想干什么？”

“噢，邻居，你不用紧张，”蛇扭动了一下身子，娇滴滴地说：“我只是想咱们彼此疏远得太久啦，让我们再来握握手，重新交个朋友，好吗？”

农夫厌恶地后退了一步，毒蛇马上说：“哦，朋友，你不要害怕，我已经不再是去年的那条青蛇了。你瞧，我连皮都换了一张新的了。所以，让我们交个朋友吧！你再也不用那么小心地提防我了，我会做你最好的朋友的。”

农夫见毒蛇边说边朝自己爬过来，看样子，它还想爬到自己的腿上来。农夫就抡起手中的大板斧，一下子就把毒蛇的头剁了下来。毒蛇痛苦地扭动了几下身子，死了。

农夫踢了踢毒蛇的身体，冷冷地说："你这条可恶的毒蛇，居然跟我耍花招，你以为我就那么傻，会信你的鬼话。你虽然皮变了模样，但你的邪恶的害人的心从来就没有改变过。跟你做朋友，见你的鬼去吧！"

说完，农夫头也不回地走了。

母鹿和托钵僧

母鹿失去了可爱的小鹿，在森林里碰到了两只狼崽，它的奶汁使乳房膨胀，于是它让狼崽吃它的奶，这体现出神圣的母爱。

森林里还住着一个托钵僧，母鹿的做法让他惊愕。"你好糊涂呀！"他说，"你爱的是谁？为谁浪费奶水？莫非你不知道狼的凶恶？不定什么时候它们会让你流血！"

母鹿回答："也许会流血，可是我不那样想，现在我只珍惜母爱的感情，如果我不喂养它们，我的乳房胀得生疼。"

行善而不图任何回报，才能算是真正的高尚。善良的人从不看重钱财，总能与亲近的人们分享。

毒蛇与小羊

毒蛇对这个世界充满了仇恨和不满，从它出生那天，就看这个世界分外不顺眼。

有一次，毒蛇躺在一个废弃的树桩下睡觉。一只可爱的小羊欢快地边跑边跳，在附近玩耍，无意之中打扰了毒蛇的美梦，惹怒了毒蛇。毒蛇悄悄地从树桩下爬出来，等小羊从这里经过时，冷不丁一口咬住了小羊的后腿根。毒液从毒牙注入小羊的身体，可怜的小家伙顿时感到天昏地暗，它感到浑身热腾腾的，干渴难捱。

“可恶的毒蛇，我什么地方得罪你了，你居然这么恶毒地对待我?”小羊用越来越虚弱的声音问毒蛇。

“这个嘛，谁知道呢?”蛇甩了甩头，无所谓地说：“你跑到这里来，吵了我的美梦，你大概是要趁我熟睡，要来一脚把我踩死在这里吧！我才不会那么傻，等着被你踩死呢！作为反击，我先发制人，正当防卫，咬你一口，先把你毒死，你就再也不会踩我了。”

“啊，不……你这只可恶的毒蛇，你在狡辩，你……”小羊没有说完，就倒在地上，死去了。

男孩儿与蛀虫

一条蛀虫请求农民放它到果园里避暑做客，蛀虫保证规规矩矩，不碰果实，只吃树叶，并且是吃枯萎发黄的树叶。农民暗自思忖：“哪儿能不给它个落脚地？多一条虫果园也不会显得拥挤！就让它住在园子里。我不会有太大的损失，让它吃几片叶子没啥了不起。”

经过允许，虫子爬上了果树；树叶下安居，躲风避雨：说不上美好，却也无忧无虑，它的生活无声无息。不久阳光下的果实变得金黄，果园里成熟了累累的果实，像琥珀一样光彩熠熠。

有个快熟的苹果挂在枝头，早就吸引了顽皮的男孩子，他看中了这个苹果，千里挑一，可是他没有办法摘到果子：爬树，他没有胆量；摇晃果树又没有力气，总而言之，眼巴巴瞅着，就是吃不到嘴里。有谁能帮助他偷摘苹果？虫子！

“告诉你，”虫子说，“我知道确切消息，主人吩咐过要摘苹果，包括我们俩看中的这一个。我有办法摘取它，只不过你得分一点儿给我，你分得的比我多出十倍都行，只给我留一丁点儿，就够我好长时间的吃喝。”

条件谈妥，男孩赞成；树上的虫子开始行动。不出一分钟，它咬断了果柄。

虫子得到了什么奖赏？苹果刚刚落入男孩子的手中，他就连果子带核儿吃了个一干二净。等蛀虫从果树上爬下来，男孩子脚跟一踩结果了它的性命：就这样既没了苹果，也没了蛀虫。

千万别指望以背叛换取荣华！需要时有些人不把变节看成罪过，但在他们的眼里变节者本性卑劣；叛徒往往躲不过杀身之祸。

诬 陷

我们平常出了什么差错，总爱朝别人身上推卸罪责，常常听人这么说：“要不是他，我可不敢这么做。”如果找不到什么人代己受过，就说是受了鬼怪的诱惑，可当时并没有什么妖孽。这样的事例有很多很多，现在我就给你们讲其中的一个。

据说东方某国有个婆罗门，他口头上信仰虔诚，生活中却言而无信，显然，婆罗门当中也有虚伪的人。这些暂且不提，单说这位婆罗门，与别的僧侣大不相同，其他婆罗门个个虔诚，这个婆罗门却对教规怀恨在心。他们的长老格外严厉，婆罗门都谨小慎微恪守本分。这个婆罗门却暗自盘算，在斋戒的日子里想偷偷吃荤。

他弄了个鸡蛋，等到更深夜半，点亮了烛火，把鸡蛋烧烤，凑近火苗转动鸡蛋，目不转睛，心里琢磨鸡蛋的味道。他自鸣得意，嘲笑长老："我的大胡子朋友，我品尝鸡蛋，你可抓不到！"

不料，房门敞开，忽然走进来长老。长老厉声斥责，物证俱在，婆罗门罪责难逃。

"宽恕我吧，圣洁的长老！"婆罗门含着眼泪求饶，"请求您饶恕我的罪孽，怎样受到诱惑，我也不知道，准是魔鬼迷住了我的心窍！"

这时候从壁炉后边，忽然钻出个小鬼，只听他大声呐喊："你不害臊吗？总是进行诬陷！我倒是头一次亲眼看见，并且向你学了一招——怎么样在蜡烛上烤鸡蛋。"

乌鸦和母鸡

19 世纪初法国统帅拿破仑率领大军入侵俄国，俄国军民采取了坚壁清野的作战方法，撤出大城市，不给侵略者留下一针一线。

战争的硝烟不断蔓延，即将到达一个城市，城市里的居民奔走相告："战争就要打到我们这里来了！赶快从这里撤走吧。"人们一边相互转告，一边急急忙忙地整理自己的东西，准备搬迁和撤出这个城市。

动物们也相互转告着，准备撤离此地。

一只乌鸦站在一座楼房的平台上，望着街道上人们来来往往不停忙碌的样子，觉得十分可笑。

乌鸦正在看热闹，忽然间听到似乎谁在叫它的名字，低头一看是一只母鸡正站在一家门前向它打招呼："乌鸦兄弟，你怎么还这么悠闲地站在这儿看热闹呢？还不赶快收拾你的东西，准备到别的地方去避一避。"

乌鸦听了却不以为然，它说："你们都是些胆小鬼，人家还没有进城，你们却自己先吓唬起自己来了。其实，这有什么好怕的，我就不怕，我偏不离开这儿。"

母鸡无可奈何地说道："你难道不害怕吗？他们会捉住你，把你杀了吃的，那你就死定了。"

乌鸦越听越不耐烦，它挥了挥那灰色的小翅膀说道："嘿！我看他们倒是可能把你们捉去给煮吃了。没有谁会吃我的，我会和这些人交朋友，我们一定会相处得很好的，说不准，他们还有可能把我当成他们自己人看待，得到一些好处呢！再见吧，亲爱的母鸡女士，祝你一路平安！"

母鸡听到这里再也不想和乌鸦说些什么了，知道它不可挽救，于是母鸡带着它的孩子和储备的食物匆忙上路了。

乌鸦最终真的留在了这个城市里，当敌人到来时，它便展开双翅欢迎他们入城。城里所有的人和动物都逃走了，吃的东西也全带走了，一丁点儿也没有给敌人留下。敌人进城后，找不到任何吃的东西，于是就把乌鸦抓来煮成了一锅肉粥。

自认为聪明的乌鸦就这样死掉了。

人们常常都是盲目地拨弄着算盘，总认为自己是最聪明的，然而到头来聪明反被聪明误。

铁锅与沙锅

沙锅跟铁锅交情很深，虽然铁锅出身于高贵门庭，可结交朋友什么最起作用？铁锅愿做沙锅的靠山，沙锅把铁锅看成弟兄。它们从早到晚形影不离。要彼此分开万万不能，单独上灶它们觉得寂寞，无论在灶上还是离开火炉，它们总是并肩携手步调相同。

有一天铁锅忽然想周游世界，它邀请朋友一道同行。沙锅也不愿意离开铁锅，它俩坐一辆车动身启程。车子经过的道路高低不平，它们坐在车里相互磕碰。遇到丘冈坎坷泥洼水坑，铁锅泰然处之镇静从容；可沙锅原本就性格脆弱，每次碰撞它都备感疼痛。然而它并不打算下车回家，能够跟铁锅这样亲密无间，它引以为荣百倍高兴。

我不晓得这次旅游行程多远，但确切知道它们归来的情形：沙锅变成了一堆碎片，可铁锅未受损伤完完整整。读者，这则寓言的意思最为简明：只有平等，才能谈论友谊和爱情。

群兽大会

狼向森林之王狮子请求派它去管理羊群，担任整个羊群的总管。同时它还拜托狐狸去游说狮王的妻子——美丽的森林王后。狐狸凭借着三寸不烂之舌和聪明的大脑，最终说动了王后，王后表示自己会替狼在狮王面前求情的。

可是狼的名声一向不好，狮王还是害怕别人在背后说它的不是，一直犹豫不决，在狮后的再三催促下这才决定召开整个兽民大会，在会上询问大家有什么意见。大家可以发表一下自己的看法，评论一下狼的品行，看看赞扬狼的是什么，责备狼的又是什么？

命令传达下去不久，森林中的所有野兽都到齐了。问题提出来后，大家按着身份地位，一个挨一个地被邀发言。

首先是狮王和狮后表了态。狮王说："狼兄弟尽管以前名声不是太好，但近来一直都表现不错，我认为它担任羊群总管的职务还是可以的。"狮后更是连声附和狮王的话，不断夸赞狼。

随后，豹子上了台。豹子和狼原本就是一家，它大声吼道："有谁说狼兄弟名声以前不好，站出来，我怎么没有听到过呀，我认为狼兄弟是最优秀的守法公民。"

狐狸急忙跳到台上去，尖声叫道："豹子大哥说的一点都没有错，狼兄弟是最优秀的守法公民，它担任羊群总管是最合适不过的了。"

小狗也被邀请到大会发言席上了，当它看到狮王和狮后都表了态，豹子又这么凶猛，其他大动物又都同意它们的说法，不得不讲道："狼大哥，尽管以前有一些小小的缺点，但这些微不足道，况且它现在已经完全改正了，我认为狼大哥可以胜任这一职务。"

其他小动物在台下根本就没有机会发表自己的真实想法，也只好都同意狼来担任羊群总管这一职务。

结果，没有一句话是反对狼的，所以狼当场就被任命为羊群总看守，来管理森林中所有的羊群。

留下来的只有凶狠的狼给温驯的羊群带来的厄运。

想要国王的青蛙

以前,青蛙王国都是由青蛙自己来管理,每只青蛙都是平等的,谁也不约束谁。

有一天,青蛙们大吵大闹,它们实在是受不了这种没有人管束、自由自在的生活了,这在它们看来是十分荒唐的事。没有权威和管束,生活实在是太无聊了。

于是青蛙们决定改变这种状况,它们集体向上帝请求派一个国王来管束它们。

这个国王绝对得庄严稳重,从来都不慌不忙,不急不躁,而且爱好和平,从不跟别人发生争执;个子高大,身体粗壮,模样又四方周正。总之,它来当国王肯定没得说,绝对符合国王的身份。新国王马上就被上帝给派下来了,从天而降。它从天上降下来,沉重地落到了青蛙的国土上,把本来就是沼泽的烂泥砸得稀里哗啦地响。青蛙们一个个吓得浑身打颤,拼命地四处逃窜,纷纷藏到水底、草丛里、湖沼的穴洞中。在那里它们开始议论自己的国王,认为它不同凡响,一定大有来头。

可这位新国王也就仅仅是一截树桩,而且是杨木树桩,刚刚下水来泡一泡。

起初,青蛙们对自己新来的国王无比尊敬,它们认为国王位高权重,尊贵无比。没有一只青蛙有胆量来接近新国王一步,更不用说走到它的身边了。它们不是从远处敬畏地看着它,就是透过草丛的缝隙来看它。但是慢慢地,日子久了,新国王还没有什么动静,青蛙们就逐渐消除了害怕的心理。

这群青蛙也就是和新国王相处了三四天的时间,便感到厌烦了。它们再次请求上帝派来一个新国王。“上帝呀,请你给我们派一个顶用的国王来治理我们吧。你瞧我们这里幅员辽阔,生活环境又这么好,是多么需要很好的管理呀!”青蛙们说。

上帝听了青蛙们的话，觉得还有一定道理，于是给它们派来了另外一位新国王，这个新国王是一只凶猛的鹤。

鹤国王和以前的木头国王作风绝对不是一类型的，它从不喜欢对自己的臣民有丝毫的纵容。无论是哪只青蛙只要你犯下一点罪过，鹤国王从不手软，肯定会把它吃掉，如果是所有的青蛙都犯了错误，那它就会把所有的青蛙都给吃掉，一个也不留下。事实上在它看来，无罪的和没有犯错误的青蛙是根本不存在的，一个都没有。因此，它有理由随意吃掉任何一只青蛙。

青蛙们这次是真正地感到了无比的痛苦和怨恨，它们再也忍受不了鹤国王的施暴了，于是它们再次请求上帝给它们改派一个新国王。它们对上帝说："现在的鹤国王实在是太残暴了呀！它吃青蛙比吃一只苍蝇还随便，青蛙们现在没有谁敢把身子露出水面，甚至一露鼻子都有可能被吃掉，有时候连'哇哇'叫上一声都不敢呀！这实在是没法活下去了，这个国王要是一直呆下去那比连年大旱还要吓人。"

上帝一看又是青蛙们来了，本身就十分反感，又听到它们比以前更大的吵闹声，上帝简直头都要大了，他怒声说道："你们这些疯子，为了请派国王我的耳朵都快被吵聋了。你们过去生活得自由自在，身在福中不知福，却要请求我给你们派驻新的国王。给你们派了木头去，你们嫌它太文静、太宽厚。再给你们派一个，你们又嫌它太凶狠、太残酷。为什么你们过去不想安安分分地生活呢？我看就这样算了吧，你们就和现在的国王呆在一起吧！要不然的话，以后给你们选派的国王保不准比现在的还厉害呢！"

青蛙们再也不敢说什么了，只好乖乖地回到了自己的家和鹤生活在一起。

两个乡巴佬

“你好，法杰伊！”

“你好，叶戈尔！”

“喂，伙计，你近来生活怎么样？”

“别提了，老兄，你瞧我遭了殃！上帝惩罚我，我的房子烧了个光，从那时候起我就四处乞讨流浪。”

“真的吗？老弟！这可实在糟糕！”

“谁能想得到！圣诞节大家喝酒，我端着蜡烛去给马添草料，说实话，我当时喝得晕头涨脑，不知怎么搞的，蜡烛一晃起了火苗，我自己拼死命向外逃跑，可房子和全部家当都烧毁了。喏，你呢，日子混得可好？”

“哎呀，法杰伊，我也倒了霉！看起来是上帝罚我受罪。我死里逃生倒也算是个奇迹，你看看，我瘸了一条腿。也是圣诞节，我去冰窖取酒，得承认我们一伙都喝得酩酊大醉。我担心醉醺醺别弄出火灾，干脆吹灭蜡烛，走路不怕摸黑。呀！黑漆漆撞我的准是魔鬼，我被推下台阶摔得人事不省，瞧，从那一天起我就成了残废。”

乡亲斯杰潘冲他俩开了口：“还是责备自己吧，朋友！说真话，你们是自作自受，你烧了房子，你拄着拐杖走。醉汉拿着蜡烛固然危险，可摸黑走路更容易出丑！”

树木和火

冬天，过路人在树林旁边丢下了一堆火，其实也算不上一堆火，只剩下几根小木棒还在发着微弱的火苗，别的也就只有火星了。可是这个地方十分偏僻，几乎没有人从这里经过，因此也就没有谁往小火堆里添加些木柴呀、草呀之类的。火越来越小，小木棒上的火苗也即将消失了。眼看着自己就要熄灭，火苗比谁都着急。“怎么着自己也不能这么快就没有了吧，怎么办呢？一定得想个办法使自己存活下去。”火苗想道。“对了，我怎么忘了自己就在森林身边，有多少树木可供利用呀，我可真笨！”

于是火苗对树林开口说道：“亲爱的森林老爷爷，你是世上有名的智多星，是最聪明的，请你告诉我，你身上怎么会一片树叶都不要呢，这样光着身子，是真的要冻死的。为什么会这样，难道是你真的不想活了，还是命真的这么苦呢？”

树林对火苗说道：“亲爱的火苗，快别这么说了，其实我也没有什么了不起，你看现在的我，不是不想活了，是没有办法呀。整个冬天我既不能开花，也不抽条、发芽，只能呆在这里，把自己的身体埋在雪里，取得一点点温暖，以免被寒风给冻死。”

“这点小事情，根本就不值得一提，更犯不上烦恼！”火苗继续给树林开导说，“只要你跟我结交，我将十分乐意为你效劳，因为我对你的敬仰实在是太久了，我在很小很小的时候就崇拜你啦。不过说句实话，我的本领还是挺大的。我和太阳，太阳你是知道的，没有它世界就不可能有生命，我和它是亲兄弟。别看我小，其实在冬天，我的作用创造的奇迹绝不比太阳少。不信你到温室去看一看，每当寒冬到来时，寒风刺骨，雪花满天飘扬，简直要冻死人了，但在温室里面，升起一堆火，人们不但可以取暖，而且还可以使整个温室里温度升高，所有植物继续生长。在温室里到处都是鲜花和绿草，这一切都当归功于我。有了我，你哪里会是现在这个样子？”

“我不是给你吹牛，我生性就是老实人，从来就不会吹牛，也不知道什么是吹牛，向来实话实说。”火苗不断地给森林吹起了牛，“要是论本领，你别看太阳那么高，那么大，而我却这么小，但我却一点都不比它差，甚至还要比它强。你瞧，它虽然照耀着整个大地，可是当大雪覆盖大地，厚冰冻结了河面，它却不能融化它们，在它们面前丝毫没有办法，只能是探头看一看就跑回家里睡觉去了。而在我身边的积雪，你看一看，全都给融化了。要是你想在严寒的冬天里过得像春天，甚至像夏天那样壮美，那就请给我让出一点点儿你的地盘，让我更靠近你些，我一定不会令你失望的。”

树林起初也不相信火苗的话，但听火苗说了这么多，也就有些动心了。低头一看，火苗说得不错，它身边的积雪都融化掉了。于是树林就想：“要是真的像它讲的那样，我也不妨试一试，冬天实在是太难熬了，春天和夏天该有多好哇！”最终，树林决定给火苗让出来一块地方。

正在这个时候，寒风也吹了过来，恰好就把火苗吹到了树林中。立刻，树林燃起了熊熊大火，火苗也无法控制自己，随着风向蔓延到树林的深处，从树干到树梢，不但是积雪融化了，而且整个树林，都浓烟滚滚，烈火熊熊，直冲云霄。小火苗已经变成了凶猛的大火，随着风势冲遍整个树林，整个原本茂密无比的树林，现在什么都没有了，留下来的只有一个个烧焦的树墩。

唉！这树林也真是傻，怎么能相信火的话，跟它结亲呢？

撒谎的人

从前有一位贵族，地位非常高，非常有钱，经常外出旅游，然后回到自己家里来的时候再向别人夸耀自己的经历。

有一次，贵族刚从远方旅行回到了家乡，正巧遇到自己多年不见的老朋友。贵族非常高兴，就留这位朋友在自己家里住了一段时间，这段时间内他们一起谈天论地。

这天晚饭过后贵族和朋友一起到外面去散步，边走边说："我基本上游遍了整个世界，到过的地方太多了，见过珍贵的东西更是不计其数。我这次去的那个地方简直就是人间天堂，我一想起那地方就感到无比的舒服。在那里天气最冷的时候也用不着穿大衣，晚上夜再黑不用点蜡烛也还有亮光，从来就不知道什么是黑暗，一年到头都像是五月的白天一样。那里的人根本都不需要耕田种地，但你我无论如何也想不到田地里的庄稼却到处都是绿油油的，仓库里的粮食堆得满满的。给你举一个例子你就知道了，比如我在罗马见到过一根黄瓜，我的天啊！难以想象，至今我还不敢相信能有那么大的黄瓜，像一座山似的。"

哪知道朋友听完贵族说的话平静回答道："那有什么可奇怪的！世界上的好地方好东西多得很，世界这么大，什么奇迹没有哇！只是人们有时并不去留心，不注意它们。现在我们面前就有一件奇怪的事情，我敢说以前你从来都没有注意过，那才是真正的奇迹。你看，前面河上有一座桥，这座桥表面上看起来平平常常，没有什么特别的地方，可我告诉你，事实上它不一般。现在我们要从这桥上通过，当我们中间有人撒谎吹牛的话，他就不可以走到桥上。因为只要他走到桥的中间，他一准会掉下桥去，而且上帝还有更严厉的惩罚在下面的水里等着他。至于那些不撒谎的人们，完全可以坐着四轮马车来来往往，根本就用不着担心害怕。"

"这河水有多深呀，掉到里面会不会淹死呀，上帝不会太残忍了吧！"贵族急忙问道。

"亲爱的老朋友，反正这水不会太浅的。你瞧，人世间是无奇不有，你刚才说的是罗马的黄瓜有山那么大，是这样说的吗？"朋友平淡地说。

"哎！说实在的那黄瓜的确是太大了，即便没有山那么大，怎么也有房子那么大小，肯定不小于房子的。"贵族肯定地答道。

"这简直太难以令人相信了，不过无论怎么稀奇也不会比我们要过的桥更稀奇，真的，这桥从来不让撒谎的人从它上面通过。不知道你有没有听说过一件事，这件事早就传遍了全城。就在今年春天的时候有两个记者和一个裁缝从这里经过，他们还是以前说过一句谎话，就没有从桥上通过，刚到桥上没走几步，就从桥上摔下去了。假如你说的真是实话，黄瓜能跟房子一般大，那的确是神乎其神的呀。”朋友对贵族慢慢地说。

“嗯，其实这也没有什么可以奇怪的呀！你没有去过那个地方，你不大清楚，不了解那里的情况。你千万别以为世上各地的房子都是一般大，那个地方盖的房子也就只能容纳两个人，比我们这里的小多了。即便这样，我还要声明一下，当那两个人进入房子的时候还要弯着腰，低着头，像大虾一样挤进去。”贵族着急地向朋友解释着。

“尽管这样，我还是不得不承认，黄瓜有两个人那么大，的确是个奇迹。我以前从来没有见过，可能真是个神瓜。但我们面前的这座桥也非同一般的，任何人只要说谎，在这桥上绝对走不到五步就会掉到桥下的河里面去，即使在下面淹不死，也会马上在河面上溅起一层浪花，让他在水中一定喝个够。”朋友很认真地告诉贵族。

“哎呀，我说咱们也真是的，”贵族连忙把话题岔开，“我们干吗非要从桥上过河呢？不如咱们顺着河找一找，说不定能发现有个浅水的地方，咱们就从那个地方趟过去多好哇！”贵族没有办法，只好承认自己的谎言。

从此以后，再也没有人见过贵族在别人面前说谎吹牛了。

梳　　子

妈妈买了把密密的梳子，用来给她的男孩梳头。拿到这把新梳子的孩子爱不释手，不论学认字还是玩耍，他总爱开心地梳理头发，那卷曲的金发波浪起伏，像羔羊的绒毛一般光滑，柔软洁净，又像细腻的亚麻。这把新梳子多好啊！不扎头皮，用起来方便而轻巧，梳理的头发溜滑而又平稳，在孩子眼中它是无价之宝。

但有一天梳子忽然丢了，孩子玩得东颠西跑的，他头发蓬乱地像一堆茅草，保姆给他梳头，他又哭又叫："我的梳子弄到哪儿去了？"那把梳子最后总算找了回来，插在头发里却进退两难，拉拉扯扯弄得孩子眼泪直冒。孩子喊叫说："啊！梳子，你真可恶啊。"梳子回答说："我没变呀，朋友，你的头发乱蓬蓬实在是糟糕。"孩子听了又气又恼，顺手把梳子抛进河里，至今那把梳子还属于水妖呢。

人们对待真理也常常这样，我一生多次目睹这种情形：如果我们的良心洁白无瑕，便觉得真理亲切而又神圣，我们对真理尊重并且服从；什么人一旦变得居心不正，就把真理当成一阵耳旁风。

老头儿和三个小伙子

有个老头儿正忙着栽种小树，走来了邻居家的三个小伙子，他们一看老头儿这么大年龄了还在这里种树，觉得实在是太不可思议了。

于是他们当面嘲笑老人："老头儿，你都多大年纪了，大概不久就可能离开人世，你就不要再忙活了。要是干点别的倒也说得过去，你还栽什么树，要知道等你栽的树绿阴苍翠，你恐怕还需要再活上一二百岁。老头儿，我们劝你还是放下你手中的活吧！不要再干了。你说你这是何苦要安排这么长久的计划呢？你现在可是过一天少一天的人了。不知道哪一天说不行就真的不行了。要是我们有这样的打算倒不稀奇，因为我们年轻，意气风发，身体强壮有力，现在栽上树以后肯定能乘凉。你就不同了，你已经没有这个机会了。"

"亲爱的朋友，"老人不慌不忙地回答，而且那样地平心静气一点儿都没有生气，"我从小就习惯了干活出力，我现在所做的事情并不是仅仅对我有益我才干，只要对大家有益处，我感到心情愉快，我就会毫不犹豫地去干。所有善良的人们在干活的时候，并不是全想他自己，我也是同样。我种下了这棵小树，我自己肯定是难以在它的阴凉下休息了，但请别忘记了，我还有自己的子孙，一想到将来我年幼的孙子可以在下面玩耍，我就感到无比的高兴。我的劳动成果不在别的地方，就在这里。再者说了，谁又能担保我们当中谁比谁先死掉呢！请不要忘记，死神不单看你年龄的大小，也不管你是否长得粗壮还是苗条。唉，你们知不知道，这几年死去的年轻人特别多，单我送走的就有好几位。你不要看我年龄已经这么高了，说不定你们会比我死得更早，在我死之前你们就已经躺在墓穴里睡大觉了。”

三个小伙子听了老头儿的话，气得不得了，再也不和他说什么，甩手就走了。后来的事情正如老头儿预告的一点儿都不差。

有一个年轻人想要发横财，横渡大洋到别处去寻找金矿。金矿没有找着，半路上一阵狂风，引起了海啸，小伙子所坐的船被海水打烂了，小伙子也就随之葬身到了海底。

另外一个年轻人为了自己的利益，卖身求荣，投靠了外国，当上了叛徒。在国外他虽然是个官僚，但他丝毫不懂保护自己的身体，每天醉生梦死，终于没有多长时间他的身体就承受不住，得了癌症死了。

第三位年轻人更是奇怪，就在第二年的夏天，正是三伏天，天气热得很，年轻人特别渴，在家里端起了一大瓢凉水一阵猛喝，不久就得了重病躺在床上起不来了，人们给他请了全城最好的医生都没法看好他的病。

那位善良的老人，听到三个年轻人的噩耗，禁不住泪流满面，伤心大哭。

照镜子的猴子

猴子偶然得到一面镜子，大概是牧羊人丢失的。

猴子拿过镜子来照，它看到了自己的模样，但并不知道那就是它自己，它踢了踢黑熊，说道："老兄，你快瞧瞧，你瞧瞧里面这个丑八怪，这个做鬼脸的丑八怪！你瞧！它还活蹦乱跳呢？不过，我不得不说，我们家族中，这样装腔作势的丑八怪还着实不少。我都能把它们一个个数出来给你听。不过，也没有那个必要，反正我不像它就是了。如果我有一丁点跟它相像，我真要发愁得去上吊死了！"

黑熊懒洋洋地回过头来，看了一眼，不屑地笑了笑，对这只毫不自知的猴子说："啊，老兄，那镜子中的正是你自己，别再笑话别人的丑陋了，回过头来看看你自己的怪相吧！"对于黑熊的这番讥讽，猴子并未放在心上，对它来说，那就像耳旁吹过的一阵风一样，一会儿就没了。瞧，这不，猴子又在镜子前面搔首弄姿呢。

诽谤者与毒蛇

魔鬼是地狱的统治者，地狱里发生了什么纠纷和争执，他都要出来主持正义，给双方一个公道。

有一次，地狱里要举办一次隆重而盛大的庆典活动，其中有一项内容是游行。在庄严的队伍马上要开始游行时，诽谤者和毒蛇发生了争执，它们都想争做队伍的排头，谁也不想排在对方后面。诽谤者盛气凌人地说："当然应该我排在最前面，咱们就比谁给别人造成的危害大，造成的麻烦多吧。我的舌头，毒辣无比，我可以在很短的时间里结束一个人甚至很多人的性命；我能够摧毁人们之间的信任，使多年的好朋友甚至夫妻反目成仇；我可以用我的舌头诋毁一个人的名誉，不管他是山野村夫，还是达官显贵……”毒蛇“咝咝”地吐着它的芯子，它不甘下风，蛮横地打断诽谤者的话，不屑地说：“你那些算什么，我的芯子能顷刻致人于死地，你能吗？我的毒液能毒瞎行人和动物的眼睛，你能吗？我的强有力的肌肉能够卷死一只老鹰，你能吗？”毒蛇越说越得意，越说越觉得自己的本领比诽谤者大，于是就用力地向队伍的最前面那个第一的位置爬去。诽谤者见状，也跟着走过来。眼看诽谤者就要落在毒蛇的后面，这个时候，魔鬼看不下去了：“蛇啊，”他对毒蛇说，“我承认你的功劳，你的恶毒之处只是因为你的芯子能够使人顷刻间丢掉性命，但说实话，你的芯子还比不上诽谤者的舌头恶毒，它的舌头能够跨过重洋，越过高山，在千里迢迢的远方就能把人置于死地。而且，它的舌头，任何人都躲避不了，都会受到它的伤害，你的芯子只是在靠近你的人身上留下一个肉体的痛苦，直到那个人死去，而诽谤者的舌头却可以使受伤者饱受精神方面的痛苦和折磨，然后慢慢死去，这是更恶毒的酷刑。所以，你还是排在诽谤者的后面吧，不要不服气。”

无奈，毒蛇只得让诽谤者排在它的前面。从那时起，在地狱里，诽谤者就有了比毒蛇还高一些的地位，自然，也比毒蛇更受人尊敬了。

阿普莱斯与小毛驴

有一次，阿普莱斯要画弥得斯，其他各部分都已经画好了，唯独他的耳朵老是画不好。于是他就想请小毛驴当他的模特，因为他觉得这头小毛驴的大长耳朵画到弥得斯的脑袋上会使整幅画更有神韵。于是，他找到小毛驴说请它明天到家里去，有一点小事想请它帮忙。小毛驴爽快地答应了。

小毛驴简直乐疯了，它想：阿普莱斯是谁呀，他可不是一般的人，他是鼎鼎大名的画家啊！阿普莱斯请我到他家去，一定是要给我画一幅画像，那样我英俊的外表就可以永世流传了。于是小毛驴高高兴兴地到森林里去了，在操场上，好多小动物都在坐着聊天，小毛驴把阿普莱斯要请它到家里做客的事，向大家一说，许多人都撇起了嘴，表示怀疑。

小毛驴的虚荣心被勾引起来了，它把头一扬，对那些表示怀疑的人也表示不屑："你们别不信，阿普莱斯这个人真粘乎，不论在什么地方遇见我，都要万分热情地请我去他家做客。我想，他是想照我的样子画那匹著名的神马吧，瞧，我强健的体魄，用我做模特画那会飞的神马再合适不过了。不过，我开始也不想去的，可是他三番五次地邀请我，我实在不愿看他太为难，所以才勉强答应了，要不，他还不知道要缠我到什么时候呢！"

阿普莱斯正好从旁边经过，他听见了小毛驴的话，就走出来，对着众兽说："事情恰恰相反——我请你来只是要照你的样子画弥得斯的耳朵。我见过很多驴子的耳朵，但似乎你的耳朵是我所见过的最大的一对。你的耳朵之大别说小毛驴当中少有，就是成年的大驴子当中也罕见得很。这就是我邀请你的原因。你肯赏光，我很感激，可是我奉劝您还是真实一点好，说大话、吹牛皮并不能赢得大伙的尊重。"说完，阿普莱斯一转身走了，大伙"轰"一声都笑了。

有名气的蚂蚁

有一只蚂蚁，力量很大，一次就能扛起两粒大谷粒。它也很勇敢，不管何时何地出现大青虫，它都敢上前去紧紧咬住不放，直到把青虫斗败。甚至有一次，它竟然独自一个人向蜘蛛挑战。据蚂蚁王国最古老的历史学家讲，这只蚂蚁是有史以来最勇敢的蚂蚁，可能也将是空前绝后的。这一下，这只蚂蚁的名气立刻大起来，所有的蚂蚁都认识了它，并且以它为骄傲，它受到了空前的关注，无论走到哪里，它都会受到其他蚂蚁的赞扬与狂热追随。

由于听多了恭维和吹捧的话，这只蚂蚁也逐渐骄傲起来，它也慢慢以为自己是有史以来最伟大的蚂蚁，它应该受到全世界人民的敬仰。它逐渐变得傲慢无理、不可一世起来。有一天，这只小蚂蚁想，它现在已经是蚂蚁王国里最耀眼的明星了，它应该到城里去，向城里的人们去炫耀一下自己的力气和勇敢，它也要去征服人类的世界，它想，肯定人们也早已经听说它这只著名的伟大的蚂蚁了呢！它要去城里享受一下被人类尊崇的荣耀，它还要高居人类之上。于是它就向城市出发了。

蚂蚁首先爬上了一辆马车，它爬到马车夫身边，神气十足地坐着马车，向城市进发。过了好久，马车来到了集市上，车夫也从马车上跳下来，牵着他的马，顺便看集市两边的小商贩，他想买点东西回去，所以一直没有注意到这只狂傲的小蚂蚁。

蚂蚁随车来到了集市上，它从来没有见过这么多人，黑压压的一片，你挤我，我挤你，嚷个不停。蚂蚁以为这些人是专程来看它的，它赶忙用手理了理头发，又清了清嗓子，准备发表演讲。它见马车夫突然跳下了车，更确定这些人是专程来看它的，你瞧连马车夫都专门跳下去，帮自己驾车，小蚂蚁神气极了，它对着闹哄哄的集市上的人们，故作姿态的咳嗽了一声，然后亮开嗓子道："同志们，我很高兴大家能来专程迎接我，其实，也不必嘛。不过，既然来了，我想大家还是先安静一下，听我讲几句话……"然而集市上的人们一个也没有听见小蚂蚁在说些什么，谁都没有在意它，人们该买菜的还是蹲着买菜，该扯布的还是站着扯布，全当蚂蚁不存在似的。蚂蚁见状急了，它急中生智，捡起一片树叶拖着就走。它想，如果它表演一下自己的神力，那样人们一定会为它欢呼。蚂蚁拖着树叶，一会儿趴下，一会儿又站起身，一副手到擒来的轻松模样，然而人们依然没有注意到这只大力气的蚂蚁。

最后，蚂蚁累了，它拍拍发酸的大腿，捏捏快抽筋的胳膊，它觉得很没有面子，可又不甘心这样，于是它又四下张望，结果发现一条大黄狗正站在马车的旁边，蚂蚁就满腹委屈地向这条狗抱怨开了："唉，正直的狗先生，你帮我评评理，你说，你们城里人为什么如此傲慢没有礼貌？——我这么卖力地表演了这么长时间，却没有一个人赞美我的精彩表演，更没有一个人欢呼我的到来。要知道，如果是在我们蚂蚁王国，这可是天大的事啊！是要上报纸头条新闻的。你也知道，像我这么有名气的蚂蚁，是很少这么公开露面的。你说是不是啊？"哪知等蚂蚁说完，再回过头来的时候，大黄狗也正要走开，它根本没有听到蚂蚁的一番话，它困了，它要去树阴下面，人少的地方打个盹。蚂蚁尴尬极了，所幸也没有人注意到它，它只得灰溜溜地转身回它的蚂蚁王国去了。

两个男孩

"谢尼亚，趁着不逼咱们上学校，到果园里去摘栗子好不好？"

"得啦，费佳，要吃栗子可难办！栗子树虽说不太远，可是长得太高，不论你我，都爬不上去，要弄栗子吃，咱们够不着。"

"好伙计，你怎么冒傻气！这种事儿不靠傻劲凭技巧。我想得很周到，你就等着瞧！只要你把我托上靠下的树杈，上了树，我自有办法，到时候咱们把栗子吃个饱。"小伙伴说着朝栗子树飞跑。

谢尼亚帮助朋友十分卖力，累得气喘吁吁，汗水淋漓，到底把费佳托了上去。

费佳在树上舒舒服服，自由自在像谷仓里的老鼠。树上的栗子多得数不胜数，栗子到手，该让伙伴享享口福；岂料谢尼亚没沾一点光，站在树下舔着嘴唇馋得慌。费佳在树上大吃特吃打饱嗝儿，他的朋友得到的只有栗子壳儿。

我看有些人很像费佳，靠朋友帮助他们越爬越高，等后来他们飞黄腾达，朋友却连栗子壳儿也见不到。

老鼠开会

有一回，老鼠们召开一次特别的代表会议，来宣扬它们鼠类的伟大业绩。会议组织者规定，参加这次会议的唯一条件就是要有一条长长的尾巴，而且尾巴要长过自己的身子，因为在它们看来，尾巴越长的老鼠，脑子就越聪明，办起事来手脚就更麻利。而尾巴短，甚至没有尾巴的老鼠，一定是在与其他老鼠的打斗或者在偷取人类的食物时被同类或者人类及人类设计的种种武器所伤，如果有很强大的本领，那些老鼠又怎么会失去那优美的长长的尾巴呢?

于是，按照规定所有那些尾巴不够长或者没有了尾巴的老鼠都被拒之于会议的门槛之外。

到了晚上，老鼠国宣扬业绩的代表大会开幕了。当所有与会者都安静地就坐以后，忽然一个角落里发生了一阵骚动。原来那里有一只没有尾巴的老鼠，竟然雄赳赳气昂昂地坐在主席台上，老鼠们都低着头互相耳语:“喂，你说那只没有尾巴的老鼠，它凭什么参加这次会议，而且还在主席台上?”

“这只老鼠连自己的一条尾巴都保不住，他凭什么坐在主席台上?难道我们能指望它给我们带来什么好处吗?难道我们能指望依靠它来建立我们伟大的业绩，保卫我们神圣的国家吗?”

“请安静。”这时，大会的主持发话了，“各位同仁，很高兴大家来参加这个会议，今天我们所有到场的，都是我们老鼠国最优秀的。”

“也包括主席台上那只没有尾巴的老鼠吗?”一个声音问道。

主持愣了一下，然后说："噢，关于这一点，我想大家都会理解，并能够宽恕的，大家不要小瞧它，它虽然没有了尾巴，可它是为了一个伟大的人物失去它的尾巴的。而且，它的尾巴以前也是那么长，长得可以绕它的脖子五圈还多。哦，是的，尾巴丢的伟大而神圣，就这样。"

一只小老鼠悄悄地跟它旁边的老鼠说："什么伟大而神圣，全是胡扯，我认识那只没有尾巴的老鼠，它是市长的亲戚。它的尾巴是偷吃东西时，被老鼠夹子夹掉的。"

农夫和雇工

一天，一个老农夫带着他的雇工去割草，傍晚回家路过一片树林时，他们突然间听到沉重的脚步声。

老农夫回头一看，不好了！一头大黑熊正从后面扑了上来。他来不及叫喊，那头熊已经把他扑倒在地，死死地压住了他，动弹不得。然后大黑熊抓住农夫的脖子，坐在农夫的腰上，准备找一个合适的地方下口把农夫吃掉。

响声惊动了前面正走着的雇工。雇工回头一看，哎呀，主人被熊按倒在地上，随时都有生命危险，急忙回转身来相救。

雇工是一个身强力壮的小伙子，他凭借着自己强壮的身体，顺手从背包里抽出一把锋利的斧子，冲着大黑熊的脑袋砍了下去。大黑熊和农夫正纠打在一起，雇工担心会伤害自己的主人，结果就砍偏了一些，但还是砍在了大黑熊身上。大黑熊痛得哇哇暴叫，于是丢下老农夫冲着雇工就扑了上去。

老农夫趁此机会就从地上爬了起来，跑到一棵树的背后躲了起来。

大黑熊喘着粗气疯狂地向雇工扑了过来。这个雇工不但年轻，身体强壮，而且十分机灵。

他在树与树之间转来转去，巧妙地躲闪着大黑熊的进攻。这样大黑熊和雇工足足相持了一个多小时，大黑熊累得气喘吁吁。

这时候雇工趁着大黑熊没注意，转到了大黑熊的背后，抡圆了斧头向大黑熊的脑袋上狠狠地砍了下去。大黑熊倒在了地上，雇工又在它身上补了几斧头，大黑熊终于被砍死了。

老农夫看到大黑熊已经死了，知道危险已经过去了，便从树后钻出来，伸直了身体，向大黑熊走了过去。当他看到熊身上有几处斧头砍的伤口时，立刻把雇工骂了个狗血喷头。雇工一时明白不过来，呆呆地站在那儿问道："主人呀！你骂我是因为什么呀？"老农夫又骂道："你还问为什么，好好的一张熊皮却被你砍的一文不值了，你可真是个废物！"

雇工听到老农夫说的话，又气又恨又伤心，一句话也说不出来。

狼和狐狸

有一天傍晚，一只狡猾的狐狸捉到了一只鸡，饱饱地吃了一顿丰盛的晚餐。但鸡肉还剩下很多，狐狸就把鸡肉包好，藏在草堆中间，然后就躺在草堆边准备美美地睡上一大觉。

一只大灰狼饿了一天，一点肉也没有找到。原来人们都得到了通知，近来大灰狼可能要到这一地区来，于是所有的牧人和他们的猎狗都提高了警惕。这样一来，无论狼走到什么地方，都找不到自己要吃的食物。

正当狐狸睡得迷迷糊糊的时候，突然它隐约感到有脚步声。狐狸睁开眼睛一看，原来是一只饿得半死的大灰狼摇摇晃晃地正向它走过来。

"喂，狐狸兄弟，你好哇，吃过晚饭了吗？"大灰狼问道，"哎！这可怎么办呢？我今天可真是倒霉到顶了，一整天连一块骨头都没有找到，更甭想用肉来塞满肚子了！现在直饿得我两眼冒金花，我也许是命中注定要挨饿的了。不知道怎么回事，近来那些牧羊人一个个都不去睡觉，甚至连瞌睡都不打，那些牧羊犬呢，也是又凶又刁，防范得严得不得了，我整整转悠了一整天，连一次下手的机会都没有，唉！简直要把我逼得去上吊。亲爱的兄弟，你就救救我吧！"

"难道情况真的是这么糟糕吗？"狐狸小心地问道。

"千真万确呀，狐狸兄弟，怎么你不相信我吗？"大灰狼急忙解释道。

"相信，当然相信你喽！不过的确也是最近一段时间大家整天都吃不到一点肉。你想，连你老兄这样的猛士都找不到肉吃，就更别说我们这些人了。你看，我也是一整天连肉味都没有闻到。要不这样吧，老兄，挨饿实在是最难受不过的了，你要不要吃点干草呀！我手头里也只有这么一堆干草，可以供你吃了，别的是什么也没有了。咱们都是一家人，不分彼此，有我吃的就有你吃的，你要吃多少，你尽管吃好了，千万别客气！"狐狸虚伪地说道。

但狼一直是只吃肉而不吃其他的，对干草根本就咽不下去，所以尽管饿的头昏眼花也毫无办法。而狐狸却一个劲儿地假装热情地请大灰狼吃干草，却只字未提干草当中藏的鸡肉。

最后，大灰狼也只好饿着肚子回家睡觉去了。

大象和巴儿狗

很早以前在一个城市里，有人牵着一头大象走街串巷，好像是有意让人们来观赏的。说实在的，在这个城市能见到大象可不容易，在这里它可算是稀罕物了。所以许多看热闹的人都跟在大象后面，想仔细看一下大象是什么样子的。

突然间，从街的对面冲出一只巴儿狗。这只巴儿狗又矮又瘦，瞧起来一点儿都不起眼，没有人把它当回事儿。只见这只狗跳到大象面前又是狂叫，又是尖叫，甚想在大象身边蹦跳着乱咬，对大象纠缠不休，似乎要和大象拼命，存心跟大象打架似的。

“邻居，你别在这儿出丑了，”一只杂毛狗对巴儿狗讲道，“你在这里瞎乱叫什么呀？你知道这个大块头是谁吗，它就是大名鼎鼎的大象呀。森林中的动物谁没有听说过它，连狮子、老虎、豹子都怕它。它那么大，你能打过它吗？你看一看你，瘦小瘦小的，一点力气都没有，能是它的对手吗？我可是好心，别真把大象逼急了，要是它真急了，那你可就惨了。”

“嘿嘿！”巴儿狗低声笑着对杂毛狗讲道，“不用担心，我根本就不会与大象打架的，我不像你想象的那么傻。我来这儿也就只是在大象面前叫一叫。这已经够了，因为这已经大大提高了我的名声，今后大伙准会说：‘哎呀！巴儿狗可真是厉害，连大象都敢冲撞！’你想一想看，今后谁还会瞧不起我呢？我马上就会成为出名的闯将。”

阿尔喀·得斯

阿尔克墨涅之子阿尔喀·得斯，刚强无畏，出奇地英勇。有一次他在悬崖峭壁之间，走过一条险峻狭窄的小径，忽然发现路上有只刺猬，但是不是刺猬又看不太清。阿尔喀·得斯想用脚跟把它踩碎，不料一踩，那东西立刻膨胀了一倍。这勇士立刻怒不可遏，抡起沉重的木棍用力一击，眼瞅着那东西的样子改变，令人恐惧：不断发胖、膨胀、增长……成了庞然大物，竟然把阳光遮蔽，挡住了道路，使阿尔喀·得斯过不去。面对这个怪物，他丢掉了木棍万分诧异。

危急时刻，雅典娜突然降临，她说：“我的兄弟，切勿触犯！这怪物的名字叫做‘纷争’，你若不去碰它——它很渺小，肉眼几乎看不见；如果谁不自量力地想和它较量，它就在诅咒声中渐渐膨胀，变成庞然大物像一座山一样！”

猴　子

在一片茂密的森林里，生长着一群猴子。猴子们自以为是世上最聪明的动物，对什么都自以为是，尤其是喜欢模仿各种动作。当然啦，它们每天都无事可做，除了吃饭和玩耍，就是蹲在树上透过茂密的树叶来看外面的世界。

有一天，它们正蹲在树上，来了一个猎人。猎人来到这里，先是坐了一会儿，休息了一下，接着就在草地上铺上了一张网。这张网既结实又精美，网是用很粗的绳子做成的，足可以经得起几百斤的重量；网的上面还有一些花纹，由不同的颜色组成，非常耀眼。网铺在地上之后，猎人就在网上不停地打滚，滚来滚去，而且还做不同的动作。

这一切恰好被一只猴子透过树叶给看到了，于是它就暗暗推了一下同伴，同伴又推了一下其他的猴子，越来越多的猴子都赶来观看，它们私下相互议论：“瞧，那个小伙子真是了不起，他的武艺高超，有耍不完的精彩节目。你看他一会儿翻筋斗，而且一翻都是连续好几个，一气呵成。一会儿四肢伸开，像一个小地毯一样，平平整整的。一会儿又缩成一个球，抱成一团，像个大雪球，连他的手和脚都看不见了。以前真是见都没见过，看来咱们的武艺还是不到家，要都像这个小伙子就好了，以后我们谁都不用怕了，即使是老虎来了我们也不用听命于它，担心自己被其他动物欺负，那时我们说不定就是兽中之王了。咱们以前有谁见过这么好的功夫，没有吧？这可是一次绝好的机会，等他走了之后咱们就可以在网上练习一下功夫了……”

猴子们正在议论纷纷的时候，猎人真的走了，但一张网却留在了地上。“怎么样?”一只猴子提议道:“别失去机会，走吧，咱们也到网上练习一下武艺。”众猴子都同意它的看法，先后跳下树枝来到草地的网上，兴高采烈地练起了武艺，没有一只猴子想起过这是一张网，没有一只猴子知道这张网其实正是猎人故意留下来的，是用来给这些猴子布下的陷阱。它们争先恐后地钻进了网里面，一会儿翻个筋斗，模仿着猎人的样子，但没有谁能翻起来，更不用说连续几个一起翻了。一会儿要起了把戏，也仿照猎人的动作，只是十分勉强，还没有猎人做的好看。一会儿又把自己的身体蜷曲起来，像一个大肉球，可怎么也弄不圆。它们把自己紧紧地裹在网里面，实在是太兴奋了，又是大喊，又是尖叫，那高兴劲简直没法来形容。

没有一只猴子是清醒的，当它们玩的正在兴头上的时候，已经是大难临头了，猎人在暗中已把网给拉紧了。等猴子们都觉察到的时候已经是太晚了，网越收越紧，猴子们挣扎着想要从网里逃出去，可网太结实了，怎么也挣脱不了，一个个都被束住了手脚，任凭它们怎么叫喊与反抗都无济于事。这时猎人拿来几个口袋，口袋又大又结实，看一下就知道明显是准备好了，专门用来装猴子的。猴子们一看，都傻了眼，这才知道等待自己的将是什么样的命运。果然，猎人把它们一个个从网里拖出来，塞进了口袋，带到集市上卖给了买猴子的人。

小　河

很早以前一个牧羊人的一头小羊掉到大河里边淹死了，他非常伤心，站在小河的岸边诉说自己的痛苦，边说边唱起了令人心碎的悲歌。小河听到了牧羊人的悲歌生气地说:“大河真是个坏蛋，这家伙也太有些贪得无厌了，如果你少贪一些，哪怕一点点儿，也不会给别人造成这么大的痛苦。你瞧一瞧我，根本就不像你，水一点儿都不深，一眼就能看到底。即便不经意的对人们有一些伤害，人们完全可以透过这清澈的水流，看到所犯下的一切罪行，自己也好在别人的监督下少犯一些罪行。我想，你肯定是觉得你犯下的罪行太大，才在大地上面有意地挖成了那么大的河槽，其目的就是隐身于河槽当中，免得被别人发现你的罪行。”

“要是换了我，假若上天也给我这么大的力量，让我有这么多水，我肯定会把自然界装饰得非常美丽。同时也不会像你那样犯下那么多的罪行，连只母鸡我都不会伤害。总而言之一句话，我会用尽全身的办法来做善事，但决不会对任何地方造成痛苦的灾难。我要让自己清洁无比，静静地流进海洋。”小河这样说，也是这么想。

可是，就在小河说完这番话不到一个星期的时间，在小河四周的山顶上，乌云密布，雷声鸣响，倾盆大雨下个不止，一连下了好几天，山洪暴发了。小河的水突然间猛增了好几倍，一下子变得好像大河一样。此时的小河再也不是浅浅而清澈的水静静地流淌了，一改往日的面貌，翻卷着又浑又大的巨浪，干嚎着向前冲去。洪水不断地溢出河面，咆哮着像饿狼一样，猛冲了下去，势不可当。就连百年的老树，企图来阻挡一下洪水也都被冲倒、冲断了，老远人们就能听到嘎嘎的响声。

原来那位牧羊人说的自己的悲伤也就只是一只小羊淹死在大河里面。这一回，不仅仅是一只小羊，牧羊人和他的整个羊群全都被冲到了洪水中，葬身于小河当中了。更为可恨的是，牧羊人住了几代人的老木屋也被小河里的洪水卷走了，整个世界留下的只有不停泛滥的小河和它的洪水。

农夫和狐狸

有一天，一个农夫碰见了狐狸。农夫听说狐狸最近又偷了附近几家邻居的鸡，于是就想劝一下狐狸。于是农夫就开导狐狸说："你说给我听听，亲家母，你怎么会有偷鸡的恶习！你听我说，你干的这些事情，百害而无一利。咱们暂且不说偷盗本身就是一件十分可耻的事，所有的人知道你偷窃，都会把你当作小偷，狠狠地来责骂。更重要的是，你每日都要担心害怕，说不定哪会儿因为你偷鸡被别人活活地剥了皮，到那时你再后悔也来不及了。"

狐狸听了农夫的劝导，假意哭着对老农解释说："唉，亲家，你是不知道哇！有谁愿意过着这种生活呀！我每天都痛苦无比，偷一只鸡出来，偷偷地吃，一点儿都吃不出味道啊！要知道谁都是有良心的，我当然也不例外，但我没有办法，我饥寒交迫，有时几天都吃不上一顿饭，还有孩子，不偷怎么生活呀。再者说了，我也常常这么想，世界上又不是只有我一个人偷东西，别的动物像狼呀、豹子什么的都偷东西吃，而且它们都比我偷的多。可不管怎么说，每次偷东西的时候我就心如刀绞，痛苦得不得了，总感觉良心受到了很大的谴责。"

"那这样好啦。"农夫和狐狸商议说，"假如你说的都是真心话，我愿意真心真意地来帮助你。为了摆脱这种恶习，自食其力，我可以雇你看守我家的鸡舍，保护我家的小鸡不受别的狐狸偷袭。因为你毕竟是狐狸，了解自己同伴们的那些诡计。我保证你到我那里之后再也不会受穷挨饿，虽然没有大把大把的钱，但你总可以吃饱穿暖，日子会过得称心如意的。"

狐狸一听说有这样的好事，哪有不答应的道理？于是这件事一谈就成。狐狸就随着农夫来到了他家的院里负责护院看鸡。它在农夫家生活得十分自在，没有任何可以担忧的地方。农夫家生活富裕，狐狸不仅能填饱肚皮，而且吃的还不错，没有多久就变得更胖、更有力气了。狐狸的确十分高兴，但这些并没有因此使它变得比以前更诚实起来。不久它就吃腻了农夫提供给它的食物，恶习重新复发；每当它看到自己守护的那群活蹦乱跳的鸡，它心中就发痒，口里直流口水，终于在一个漆黑的夜里它跳到了鸡舍里，咬死了所有的鸡。

农夫和斧子

在一个遥远的国家，有一个农夫，有一天，他突然想再盖一座房子，于是，他就带着斧头上山去砍树了。

山上到处是粗壮高大的树木，农夫瞅准了一棵高耸入云的大松树，拿着斧头就砍。别看农夫是一个种庄稼的好手，但他做起木匠活来就是个门外汉了，由于他根本不会用斧子，费了好大劲，也只在松树上留下了一个小小的口子。“妈呀，这么大一棵树，要用多长时间才能砍下来哇！”农夫望着又粗又高的大松树，摸着手上磨出的大水泡，越想越没有耐心，越想越生气，他认为一定是这把狗屁斧头不好使，以致耽误了他砍树的进度。越想他越觉得是斧头的不是，于是他看那斧头就越不顺眼，一气之下，他把斧头甩到一边，自己则一屁股坐到地上，破口大骂起来：“都是你这该死的、没用的斧头！瞧你那呆头呆脑的样儿，从现在开始，你就只配给我砍些小树干、小枝条。你说你有什么用？连一棵大树都砍不倒。气死我了，你！哼！想我是多么聪明、能干又灵巧的人啊，都是你这个蠢笨的破斧子，钝得比石头还钝，我不用你，也照样能砍下大树，盖好我的房子。”

被扔在一旁的斧头觉得很委屈，它轻轻地说：“这怎么能怪我呢，你用我的姿势不对，你应该让我斜着身子，再去砍那树，那样就省力多了。”

农夫一听更火了，他一下站起来，过去踩了斧头一脚，怒冲冲地指着斧头吼道：“噢，是我的错！全是我的错！你难道就没有一点错吗？明明是你这个笨家伙毫无用处，却来埋怨别人，真是可笑之极！好了，从现在起，不用你我也能轻轻松松地盖起我的房子。好！我就用普通的小刀，用它来切断你这个狂傲的家伙砍不倒的大树，你就等着瞧吧！"说着，农夫转身就走。

斧头躺在地上，静静地听完，见农夫要走，就叫住了他，然后温和地说："好吧，您是主人，您吩咐我砍哪我就砍哪儿，谁让我是斧头呢？斧头就应该随时听主人的使唤。主人的意志就是我们的意志，我愿意服从您的意志，听从您的吩咐，你让我砍东我就砍东，你让我砍西我就砍西，绝对不会再有其他什么怨言。"见农夫的神色稍微有些缓和了，斧头又更加轻声细语地说道："不过，我尊贵的主人啊，你真得应该再仔细地思量一下，不要故意把我弄钝，丢在这里。其实，谁都知道，砍伐大树就是要用斧头的。用小刀来砍，无论如何你都盖不起大木头房子的。主人啊，你很明白，你一定要认真考虑啊，免得事后再后悔。其实，我也挺好用的，你向邻居们打听一下，他们一定会替我说句公道话的。"

但农夫并没有听到心里去，他大步地往山下走去，边走还边说："好吧，我就去向邻居们打听一下，好证明你就是一把狂傲自大却毫无价值的斧头。"

石头和小虫

到了麦子抽穗的时候了，天却一直在干旱，老农们急得心都着火了。这天上午，忽然乌云密布，雷声大作，不一会儿，就下起雨来。老农们高兴地跑到田边，看着得到雨水滋润的庄稼，激动地对着下雨的天空作了一个揖。

躺在地头的一块石头看见了，对此很不高兴，它酸溜溜地说："哎呀！

看来万物都为它感到喜悦呀！噢，盼它就像盼一位国际贵宾似的，可它究竟做了什么事呢？也只不过下了两三个小时，有什么了不起的？”石头看了一下自己，又委屈地说道，“就是嘛，我在这里已经住了几百年上千年了，我一直都这么谦恭、沉静，这么安分、平和，这么彬彬有礼，这么随遇而安，却从来没有人来表扬我、感谢我，这个世界真是太不公平了，怪不得老听见有人在骂这个世界不公平，其实一点都不错！”

“住嘴吧，你，”一只虫子听不下去了，它打断了石头的话，正言厉色地说，雨是下的时间短，只有两三个小时，甚至有时才一两个小时，但是雨水滋润了大地，在雨水的浇灌下，农民能够取得丰收，而你在地里几百上千年，却完全没有用处，不仅如此，你还压着这块肥沃的土壤，你只是个无用的多余的包袱，没有谁从你这里得到一点好处，你是毫无价值的，不是吗？”

石头被说得哑口无言，羞愧地低下了头。

被命运女神眷顾过的乞丐

有一个老乞丐正背着他破旧的打满了补丁的袋子，沿街乞讨。

走到一户富人家的窗下时，老乞丐感到疲惫极了，于是，他就坐下来休息一会儿。老乞丐闻到富人窗户里飘出来的饭菜香味，他使劲地咽了一口唾沫，他多么渴望也能美美地吃上那样的一顿大餐，然而，事实上他却只能坐在窗外闻着香味咽口水。这不禁使老乞丐又抱怨起自己的命运不公平来，他自言自语道：“这个世界上奇怪的事情这么多——有的人受饥挨冻，有的人却锦衣玉食，生活美满幸福。穷人渴望财富，而富人却又不知满足，明明自己家的钱库里装满了金币、银币，他们却仍源源不断地往家里弄钱，甚至不择手段地攫取新的财富。我乞讨了四十年了，这种事情见到的可不少，这座房子原来的主人，我就认识，本来他做生意，发了一笔横财，可是他却不知足，把自己的产业卖给了一个外姓人，自己却在第二年春季的时候，非要去出海航行，说什么海那边有一个国家遍地堆得都是如山高的黄金。结果怎么样呢，结果他还不是遇到风暴，丢了财物又丢了性命。我还认识他的一个亲戚，是承包商，也曾经发过财，拥有过百万的家产，结果也是为了捞取更多的金币，最后破了产，落得沿街乞讨，像我一样。唉！这些人就是太贪心，越有钱越贪心！人什么时候才能知道满足啊！神啊，我们的命运都掌握在你的手中，你可以把财富赐予那些知道满足的人嘛。像我一样的穷人最知道感激和适可而止了，唉！"

然而，这时命运女神正好路过，她听到了老乞丐的话，也看清楚了他的情况，就现身在老乞丐的面前，对乞丐说："听着，老乞丐，其实我很想帮助你，还有那些和你一样境遇的人。现在你跟我来吧，拿着你的口袋，我可以给你金币。不过，你得注意一点，我把金币撒下来，你用你的袋子接住，如果落到口袋里了，就是金币，但如果落到地上，金币就会变成垃圾。我现在先告诉你，你的口袋已经很破旧了，还有那么多补丁，你一定适可而止，不可起贪心，不要企图把所有的金币都装到你的袋子里去，好吗？"

"好的，好的，我一定不会像他们那样贪得无厌的，你放心吧。"老乞丐赶忙回答说。"好，那你随我来吧。"于是，老乞丐跟随命运女神来到一个僻静处，命运女神一施法，金币就像雨点似的落下来，金灿灿的金币晃得老乞丐眼睛都痛了，他觉得像在梦里似的，高兴得喘不过气来。好一会儿，才想起拿起他的口袋去接，果然，黄灿灿、沉甸甸的金币落到了袋子里，而落到地上的都变成了垃圾。老乞丐心疼极了，他痛恨自己的口袋为什么这么小，他把口袋里接满了金币，却还在敞着口袋，要接更多的金币。命运女神问他："够了吗？""还不够，"老乞丐兴奋地回答她，"再来点。"

"袋子快要撑破了！"

"没关系，破不了，结实着呢。"

命运女神有些不高兴了，她沉下脸，对老乞丐说："瞧，这么多金币，你已经是世界上少有的富人了。"

"不怕，再来一些，再来两个金币也行。"老乞丐兴奋得有些过头了。

“还装,你看你的袋子马上就要撑破了。”命运女神指着口袋对老乞丐说。

“没关系的,你再来一些吧,哪怕再来几个金币呢?”

话刚说完,只听得“嘶啦”一声,口袋裂了,金币都纷纷落到地上,立刻变成了一堆毫无价值的垃圾了。老乞丐呆了,他想赶快把金币捡起来,却已经太迟了。他转过身,想求助于命运女神,呵,哪里还有命运女神的影子,眼前所有的,只剩下他的破口袋和一堆垃圾。

于是,我们的老乞丐还依然是乞丐,很多人看见他仍然在沿街乞讨。

水手与大海

水手第一次出海就遇上了海上风暴,经过一番与暴风的搏斗,他疲惫极了。一段桅杆倒了,打中了他的脑袋,他当即昏了过去,紧接着,船被惊涛骇浪掀翻了。

也不知过了多长时间,水手慢慢地睁开了眼睛,他觉得浑身疼痛,他看了一下周围,原来,不知什么时候,他已经被海浪冲到了岸上。离他不远的地方,有几片船只的残骸,他的头脑稍稍清醒了些。他看见现在大海已经平静下来,和昨大汹涌狂暴的大海简直相差十万八千里,水手生气了。他对着大海骂道:“都怪你!你这个虚伪的大海,你狡猾地做出平静的假相,诱使我们到这儿来,一旦我们上了当,深入到你的腹地,你就兴风作浪,把我们的船都打碎,沉入海底,你还要把我们这些苦命的水手都淹没在你的海洋。你这个无耻的大骗子,我诅咒你,诅咒你的一切的一切!你这个卑鄙虚伪的家伙!”

这时,女海神听不下去了,她浮出海面,来到水手身边,温柔地说道:“啊,尊贵的水手,这件事情你完全怪我就不太公平了,我的海面上本来就很平坦,很安全,可是风神的那群淘气的孩子们却从大海深处掀起汹涌的大海浪。其实我也是受害者,我又何尝不愿意安安静静的呢?”

水手摇了摇头,表示怀疑,见状,女海神又说:“好,如果不信,那你可以去看一看,你看如果风停下来,你再来航行,那时候,我比最平的平地还要平坦。”

水手笑了,他相信女海神说的是真话。不过,他又问女海神道:“如果没有了风,我还怎么能够在海上扬起我的风帆,进行远航呢?”

富翁与诗人

诗人控告了达官,祈求宙斯为自己伸冤,原告与被告出庭接受审判。诗人面黄肌瘦衣衫褴褛鞋子破烂,而达官金饰灿灿体态臃肿神情傲慢。

诗人呼喊着拜倒在宙斯面前:“发发慈悲吧,奥林匹斯山的君主,呼风唤雨挟雷驰电的神仙!在你面前我究竟有何罪愆?为什么命运女神一直把我摧残?一餐不得温饱,房屋没有半间,我唯一的财产便是我的灵感。然而你再看看达官,无功无谋宛如木偶一般,身居华堂受到顶礼膜拜,养尊处优,大腹便便。”

宙斯回答诗人说:“你的诗篇将世代流传,这难道不含义深远?他呢,重孙自不待言,孙子也不会把他记在心间。不是你自己愿意名扬后世吗?因此我把尘世荣华给了达官。但你要相信,只要他看破红尘,只要他的智力能够作出判断,在你面前他将自惭形秽,对他自己的命运会倍加不满。”

不幸的小羊

一只小羊，长得特别可爱，从生下来的那天起，它就受到了牧羊人特殊的宠爱。

有一次，牧羊人出去办事了，他忘记锁上厨房的门，小羊吃饱了饭，出来蹓跶，他见主人的厨房门关着，没有锁，就用头轻轻地推开了厨房的门。

厨房里有一张主人刚剥好不久的狼皮，胡乱地扔在柴草堆上，锅里面还往外飘着煮好的狼肉的香气。小羊对肉可没有多少兴趣，倒是那张狼皮还蛮有玩头。小羊走过去，把狼皮拿起来，看了一下，狼皮上上下下完好无损，不禁心里暗暗佩服主人的手艺。它把狼皮披到自己身上，刚好有点大，不过没关系，小羊又调皮地把四个蹄子伸进狼皮的四个腿上，然后小羊抽了几根草绳，把自己的腿脚捆绑结实了，又用草绳把胸前的缝隙绑严实了，又把脑袋也塞进狼皮之后，它走到装满了水的水盆前，一照，啊！太像了！简直就是一匹威猛的狼嘛。小羊得意洋洋地打开门，走出厨房，它想到羊圈里，让大伙看看它的奇特的时髦服装呢。

小羊刚出了厨房门，还没有来到羊圈门前，一只正在打瞌睡的小狗就看见了它，小狗一惊之下，睡意全无，它很诧异，它不明白这只狼为什么居然这么明目张胆地来羊圈偷东西，小狗立刻“汪汪”叫着朝小羊跑过来。听到响动，其他的牧羊犬也都发现了小羊，它们也都觉得奇怪，它们大叫着：“咬死这只该死的大胆的狼，”边叫边向小羊扑过来，不容分辩，上来就咬。小羊慌了神，它扭过身撒腿就跑，但没跑几步，就被牧羊犬摁倒在地，又嘶又咬的。小羊害怕极了，它边挣扎边绝望地大喊：“各位狗哥哥，是我呀，我是小羊，我是披了一张狼皮的小羊啊。”

牧羊犬们本来就有些不解，它们听见了小羊的叫喊，停了下来。果然，狼皮被撕碎的地方，露出了小羊那熟悉的雪一样白的小卷毛。大伙猛然明白了，就合力把小羊从狼皮下面抱出来，把它送到了羊妈妈的身边。受到惊吓的小羊，咩咩叫着，走近羊妈妈的身边，眼泪啪啪地落下来。羊妈妈温柔地安慰它,但是,可爱的小羊,从此就变得郁郁寡欢,它越来越憔悴,发展到后来竟然不吃也不喝了。结果,过了没有多久,这只不幸的小羊就死掉了。

商　　人

布店老板冲侄子喊叫:“你在哪里呀?安德烈!快点过来!越快越好!瞧你叔叔这一手该有多么巧!照我这样做生意,保你利润高!波兰呢子那块料,想必你知道,在这儿摆了那么久,总也卖不掉,呢子浸过水,颜色旧,料又糟,让我冒充英国货,转眼脱手了。你瞧瞧!白赚了一百卢布!上帝送个傻瓜来,真是呱呱叫!”

侄子回答商人说:“叔叔哟,这桩买卖妙是妙,可我不知道究竟是谁上了圈套:仔细看吧,你手里是一张假票!”

纯粹一场骗局!商人诈骗并不新奇,试看比小铺高贵的地方,如此这般也在进行交易;人们几乎有同一种心理,谁更狡猾,谁占便宜。

橡树下的野猪

一只野猪在一棵有上百年树龄的橡树下面捡食着橡树的果实,它吃得肚子都圆鼓鼓的,再也吃不下一颗了,于是它打了个哈欠,靠着橡树睡着了。

一觉醒来，野猪感到口渴得厉害，它四下里望了望，到处是熟透的橡树果实。但是果实太干了，不解渴，于是野猪瞅准了橡树暴露在地面上的粗粗的树根，“有了！”野猪高兴地叫了一声，爬起来，就去啃橡树的根。

“好甜啊，简直比甘蔗还甜得多，真是美味！”野猪边啃边赞不绝口。

“住口，你这只愚蠢的野猪！”一只大鸟看见了，厉声地喝止了野猪，它说：“瞧你，把树根的外皮都啃光了，橡树就要枯死了！”

“让它枯死好了，跟我有什么关系呢？”野猪显得若无其事的样子，“我一点都看不出它有什么了不起的用处，即使没有了这棵橡树，我也不会感到半点痛苦，我的生活也一点不会受到影响。”

“真是一头忘恩负义、没有良心的蠢猪！”

大鸟气呼呼地让野猪抬起脸向橡树上看一眼，指着那正从树上落下来的美味的橡实问：“你说，如果没有了橡树，哪里还会来这味道甘美的果实呢？蠢猪！”

穷汉发财

“如果一门心思就知道攒钱，一辈子舍不得吃舍不得喝，做个富翁究竟值不值得？何苦呢？临死的时候，什么也不能带走。岂不是折磨自己，让自己出丑！不，假如命运让我发财致富，我会一出手就花上千个卢布，过得奢侈又豪华，我的宴会让四面八方都羡慕，我甚至发善心给穷人以帮助。有钱却过得吝啬不啻是痛苦。”一个穷人躺在低矮的小屋里，一边想心事，一边自言自语。

忽然，窗缝里钻进来什么东西，有的说是妖怪，有的说是魔法师，前一种说法大概更准确，随情节进展你就能了解。

妖怪开口对穷人说：“我已经听清，你为何想当富翁，能为朋友效劳让我高兴。这个钱袋给你:里面有一枚金币;你拿出一枚,另一枚等着你取。朋友,现在你可以变得非常富裕,这钱袋能给你数不清的金币,愿取多少都随你的意;但有一点你要牢记:一枚金币你也不能随意动用,除非你把钱袋扔进河里。”

妖怪说完,消失不见,一个钱袋摆在穷汉子面前,这穷光蛋兴奋得几乎神经错乱。到底怎么回事?他难以相信这不是梦,刚刚掏出一枚金币,另一枚金币又在钱袋里晃动。

这个穷汉子说道:“但愿这幸运能延续到黎明!我要为自己掏出成堆的金币,到明天我就成了富翁,我将尽情享受,其乐无穷。”

可天一亮,他的想法已经改变:“真的,现在我有了钱;可是哪一个人不喜欢财产?为什么我不让财富翻上一番?我怎么能够偷懒?这个钱袋我要再使用一天!我将拥有豪宅、马车、别墅,我还有可能购置庄园!错过了机会,岂不是个笨蛋?钱袋神奇,我要紧紧抓住;就这么办,减少饮食,哪怕我再斋戒一天,要享受生活,今后有的是时间。”

结果呢?过了一天,过了一周,一个月,过了一年——贪心汉早已数不清他的金币,他顾不得喝水、吃饭,每天都忙着从钱袋里往外掏钱!

每到夜晚,他就在心里盘算,总觉得还有什么缺欠。每当想到要把钱袋扔进河水,他就难过得心里发颤;他曾走到河边,又急忙走回来,他说:“哪能舍弃钱袋?黄金如流,它是我发财的源泉!”

到后来,贪心的汉子,人瘦了,变老了,头发花白,两鬓斑斑,想金子落了个蜡黄脸。他再也不提什么奢侈和享乐,失去了健康平和,衰弱不堪;但他依然颤颤巍巍,用手从钱袋里往外掏钱……

掏啊掏,掏啊掏,什么时候能掏完?金币堆在长凳上,贪心汉守着他的金币咽了气,长凳上的金币已超过九百万。

老狼和小狼

有一只老狼教小狼捕捉猎物的技能，并让它到森林中的空地上去“演习”。

不一会儿小狼就跑了回来，满脸得意地对老狼说：“妈妈，妈妈！快点儿！我们快点到那边去吧，午餐已经准备好了，一大堆食物就在那边的山坡上，现在去是最好的时机。相信我，我已经学会了观察与思考。”

老狼很冷静地说：“等一等，你先别急，慢慢说说看，究竟是怎么一回事？”

小狼一五一十地讲了起来：“就在那边的山坡上有一大群羊，它们正在休息，那些羊一头比一头肥，随便挑其中的一头就足够我们美美地吃上一顿了。那里的羊可真是多得数都数不清。赶快走吧，妈妈，去了你就会相信我所说的没错！”

老狼仍然不慌不忙地问道：“孩子，别急，我问你看没看到牧羊人看管羊群？他是一位怎么样的牧羊人？”

“这很重要吗？妈妈，我们吃的可是羊而不是牧羊人呀？”小狼问道。

“是的，这十分重要，孩子，不了解牧羊人是要吃大亏的。”老狼认真地说。

“好吧，妈妈，我觉得那个牧羊人不坏，看样子很老实。不过，这又有什么关系呢？我想最重要的是那些牧羊犬，看样子它们饿得皮包骨头，一点劲儿也没有。我绕着羊群转了一圈，发现它们什么本领也没有，还都趴在羊群边上一个劲儿地打盹呢！”小狼说道。

老狼听完小狼的描述，轻轻地摇了摇头，对小狼说：“孩子，这正是我要你认真思考的地方。你这个消息，我听了，倒不对这群羊动心了。为什么呢？从你分析和观察的结果看，似乎这是一个好机会，但很可能是个陷阱！”

“为什么呢？”小狼急忙问道。

老狼语重心长地说："孩子，你想一想，任何一个牧羊人都不会养一群不顶用的狗看守羊群，他的狗也不会无所用心。你看到的只是一些表面现象，你如果真到那儿去吃羊的话，一定会落入陷阱的！走吧，我还是带你去另外一个更容易得手的地方吧。"

小狼听到这里，再也不作声了，默默地跟着老狼去了。

鹅

一位农夫拿着一根长长的竹竿正赶着一大群鹅上城里去卖，这群鹅长长的一大排，足足有好几百只。唉！说句老实话，老农夫对这群鹅实在是不够客气，他心里一直在着急，生怕进城晚了赶不上集市，那样的话他就不能发一笔财了，因此他不断地催赶着鹅群。

鹅儿受不了了，对农夫牢骚满怀。正巧这时来了一个过路人，鹅儿就对过路人大诉冤屈，责备它们的主人："真是倒霉，普天之下的鹅有像我们这样多灾多难的吗？这个农夫对我们，任意驱使，赶来赶去，连走路也不让我们安安生生地走，一路上连催带逼，哪儿顾惜我们呀！这个无知的乡下佬根本就不明白，他们应该对我们格外地尊敬。我们可是出身高贵的鹅族，拯救了罗马城的就是我们祖先。在罗马，现在人们还对它们隆重纪念着呢。主人可倒好，根本就没把我们当一回事，实在是太愚蠢了！"

"可是你们有什么与众不同的地方呢？"过路人问道。

"当然啰，我们的祖先是多么尊贵……"鹅儿急忙答道。

"是呀，是呀，这个我明白，我在书上读到过，可是你们能告诉我，你们自己有什么贡献吗？"过路人继续问道。

"我们的祖先可是救过罗马的呀！"鹅儿们继续辩解道。

"这一点儿都没错，你们的祖先确实拯救过罗马，可是我问的是你们自己有什么贡献吗?”过路人仍然问道。

“我们嘛,什么贡献也没有,没干过什么事儿。”鹅儿们不得不承认。

“那你们还有什么值得称赞的地方呢? 光荣是属于你们祖先的,可是你们什么也没有,只不过是普通的鹅。还有什么值得高傲的呢?”

鹅儿们听到这儿,便低头不语,再也无话可说了!

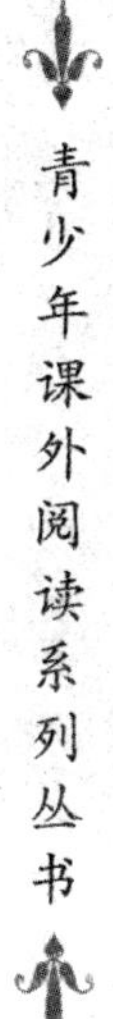

患难中的农夫

在一个深秋的夜里,一个贼爬进了一家农夫的大院。他打开储藏室的大门,把四壁之内、天花板上面的各式各样值钱的能拿走的东西统统都偷走了。要知道小偷们总是这样,他们是不会对任何值钱的东西进行挑剔的,凡是值钱的他们都不会放过的。

说实在的,我们这个农夫以前还真是挺富有的,是这带出了名的富人,家中值钱的东西还真不少呢! 农夫以前虽然有钱,可他从不像有些富人那样吝啬得要死,他对穷人,尤其是对亲戚、朋友和邻居,从来都没有小气过,简直可以说对于他们的要求是有求必应,也算得上是这一带有名的善人了。

哎! 这个可怜的农夫,在他睡觉前一天的晚上他还是个富人,一觉醒来却一贫如洗,变成了一个穷光蛋。农夫整天唉声叹气,感叹自己的命运不好! 突然有一天他想到,他以前帮助过那么多人,现在他有困难了,大家是不是也应当帮自己一把呢?

于是他把所有的亲戚、朋友和邻居都请到自己家里来,对他们说:“诸位,我以前富有的时候对大家都或多或少地有些帮助,现在我出现了困难,简直难以生活下去了,我想你们是不会袖手旁观的吧! 我请大家来就是想让大家给我一点帮助,让我渡过难关。”

于是客人们就开始大发高论,每个人提出的忠告和意见听起来都蛮有道理的。

农夫的干亲家说:“哎,亲家,你是我最亲近的人,我不得不给你提一个忠告。你以前富有的时候根本就不应该到处施舍,那样无疑是炫耀你的财富,让贼容易来偷你。现在可好,你穷得丁当响,再也不会招贼来了。不过我现在经济也很紧张,实在是帮不了你的忙,要不然我一定会送给你一大笔钱的。”

农夫的亲家说:“我的亲家兄弟,咱们都是一家人,我得给你提点建议。你得放聪明点儿,把储藏室造得离住宅近些,这样一有动静你就能听到,小偷们就不敢再来偷你家的东西了。前几天你刚帮过我,我本来是想给你带来一笔钱的,可现在实在是拿不出来,以后等我有钱了我一定帮你。”

邻居福卡这时抢上前去插嘴道:“问题的实质不在于储蓄室离住宅太远,而在于你家的院子里缺少一只猛犬。你家院子里要是有这样一只猛犬护院,别说一个小偷,就是几个,他也别想偷走你一分钱。要不这样吧,等我们家的母狗下一次下崽的时候,我送你一只,这一次的小狗已经没有了。我与其小狗多得没地方养,把它们扔到河里去淹死,倒不如送你们家一只,这样等狗养大了,你们家也就更安全了些。”

其实干亲家在这一带比农夫还要富有许多。亲家是个商人,刚做了一笔大买卖,有钱得很。邻居家这次小狗还有几只,没有人要,养都养不起,正想扔到河里淹死呢。这帮人七嘴八舌地把农夫数落了一顿,一个钱也不肯出,若无其事地走散了。

帕尔纳索斯山

古代希腊诸神是很受人尊崇的，他们都高高在上，生活在天国里。突然有一天不知道是什么原因人们都不再供奉他们了，于是他们的神仙生活也就结束了。人们不再对神像供奉，相应的神像们也就没有了祭品，没有东西可以吃了。也没有人出钱来修整神像和神庙，神像身上披满了灰尘，神庙也破旧不堪。这时候的神像不再像以前那么荣耀了，不管他们再说什么，人们都不会相信了，招来的只有嘲笑和讽刺。甚至有更可怕的事情，哪里有木头雕刻的神像，人们都会一把火把它给烧了。这些变化对神来讲，实在是忍受不了，即便这样最后他们还是得到人们的通告，要求在一夜之间统统都要离开希腊，不能再呆在那里了。

不管这些神是怎么哀求人们，都不管用，最终都被赶出了希腊，离开了原有的家。唉，事实上最惨的事还没有发生，他们所有的财产，全都被人们抢光了。真是一旦倒霉，简直不可想象——他们的领地立刻被人们给瓜分了，人们随心所欲地分配这些领地，根本就不需要什么手续和条约。有一个人非常笨，又没有能力和别人抢，最后只分到了一块山地，也就是帕尔纳索斯山。山上长满了青草，是个养动物的好地方，于是新主人就买来了一群驴子在山上喂养。

有一天，这群驴子不知道从哪里打听到，这个山上原来曾经住过管理文艺的神，于是就议论开来了。“人们决不会无缘无故地领我们来到这个山上，而把原来的神都给赶跑了，中间一定有重大的原因，是什么呢？可能是人们听烦了这些神的乐曲，想改变一下口味，想听听我们怎样歌唱。我们可得认真，这是一次绝好的表现机会，可不能错过。”一只驴子嚷道。

另一只驴子更激动地说：“振作起精神吧，在座的各位，请注意啦！下面我带个头，诸位要一齐跟上。伙计们，只要我们有信心，有胆量，让我们的大名传扬天下，让我们的歌声比神仙的更加响亮，凡是谁的声音不够悦耳，就请它离开帕尔纳索斯山，不要再呆在这里给我们丢人了。”

听了这只驴子的演讲，群情激昂，所有的驴子都十分兴奋，决心组成一个合唱团，进行一曲经典的大合唱。它们从中挑来选去，找出了十五名最好的驴子，组成了合唱团，开始合唱。这合唱就像是一个大车队在行进过程当中，每个车轮都没有加过油，嘎嘎作响。其结果呢，这歌刚开始唱了一句，主人就以为这群驴子要疯了，吃饱了没事干，一顿鞭子把它们赶到了圈里。

唉，它们也真够可怜的，为了准备唱歌，草还都没有吃饱呢！

两只鸽子

有两只鸽子是最好的朋友，亲如兄弟，形影不离，同甘共苦，甚至连吃喝都在一起。随着日子一天天地过去，它们一天天地长大，不知不觉中都长大。其中有一只就想离家远游，到外面世界好好地看一下，见识见识广大世界中的奇珍异宝，还想辨别一下世间万物的是非问题，看一看到底哪些是正确的，哪些又是错误的。

一天，这只鸽子终于下定决心对另外一只鸽子说："亲爱的，我要到远方的世界旅游一下。""你要到哪里去？"另一只鸽子含着眼泪问道，"到远方去流浪有什么好的呀，还不如在家里呆着呢？难道你是想把自己最亲近的朋友丢下不管吗？那你就太没有良心了，别忘了咱们可是世上最要好的朋友。即便你就是不可怜我，你也该想一下那可怕的狂风暴雨、雷鸣电闪吧？还有那么多凶猛而又残忍的禽兽，你想都不敢想的陷阱，那你的旅途该有多么危险呀！我劝你还是别去了，要是真的想去，那你就等到明年春天再走，那时气候总会好一些，你不至于受太多的苦，到那时我也就不再劝你了。你看现在的季节，天气又冷又暗，吃的东西又这么少，到时

候在外边你找不到吃的可怎么办呀？你听乌鸦在不停地'呱呱'叫，要知道乌鸦可是报丧不报喜的，这是个不祥之兆哇！亲爱的，说来说去，我还是劝你别去了，留在家里吧，在家里该有多好哇！我们能天天在一起，想干什么就干什么。"

这只鸽子听了实在是太感动，心中说："不愧是最要好的朋友，换了别人，没有人能对你这么好。"可是它早已决定了要走，这种决心也容不得它去仔细地品味一下对方的话。它说："亲爱的朋友，快别哭了。这也不是什么大不了的事情，我不会出去时间太长的，可能有三四天时间就够了。我一边飞，一边迅速地看一下周围的一切，等见识了世界上最珍奇的东西，我就会马上飞回来，永远和你呆在一起。到那时我对你就有说不完的话，我可以把我的一切经历都讲给你听，回忆一下我经历的每一件事，到过的每一个地方，看到的每一件东西，各地的风土人情，哪里有什么珍品和宝藏，这些我都细细地讲给你听。你听了会生动地想象出一切，那样即使你是呆在家里，也会有和我一样游历世界的感受，那该多好哇。"

没有办法，它们最终只好依依不舍地分了手。一只留在了家里，另一只飞入云霄，去游历了大千世界。突然，这个旅行者碰到了自己从未遇到过的狂风和暴雨，而这时下面全是绿色的草原，一眼望不到边。鸽子有些傻眼了，搞不清自己要到哪里去躲雨，正发愁的时候，看见下面有一棵橡树，树叶还挺茂盛，于是就胡乱停在了树枝上，蜷缩着身子，但终究暴雨还是把它淋了个透湿。鸽子不得不忍受着风吹雨淋，在树枝上等待着，这时它已全身湿透了，浑身发抖。暴雨过后，狂风停止，太阳马上就露出了头，火辣辣地晒得全身难受，可怜的鸽子不得不继续向前飞行，不断赶路。

它抖抖身子，振奋一下精神，重新出发远游。

飞了好久好久，鸽子饿得快要飞不动了，这时它发现在远处森林的后面，有一堆麦子。鸽子大喜，连忙飞下去吃这些麦粒。哪知道它刚刚飞下去，还没啄上几粒就发现一张罗网正徐徐向它盖来，鸽子大惊。这可真是刚出龙潭就又入虎穴了，鸽子拼了命地撕咬、挣扎，幸好这张网也有一些破旧，使鸽子得以破网而出。

鸽子终于侥幸逃出了罗网，但还是扭伤了自己的腿和脚，弄伤了自己的翅膀，全身可谓伤痕累累，不过终究是逃了出来，这就不错了。鸽子没命地向远方飞去，生怕猎人这时候再出现。猎人最终也没有跟上来，鸽子刚想喘口气，这时更大的灾难又降临了，不知道从哪里飞来一只老鹰，它恶狠狠地抓向了鸽子。老鹰的利爪太厉害了，简直要了鸽子的命，鸽子死命地挣扎、厮打，但无论如何这时的鸽子已经是力不从心、筋疲力尽了。鸽子心中暗想：这一次可能是要死定了！正在此时，突然抓住鸽子的利爪松开了，有一股巨大的冷风冲了过来。怎么回事，原来一只巨雕飞了过来，它正对着老鹰用自己的翅膀一个猛击，把老鹰给拍死了，冷风就是从巨雕那里来的。

鸽子又得救了，尽管它像石子一样坠落在地上，摔了个半死，但无论如何还是活了下来，于是就缩着身子在篱笆下休息。

但是事情并没有到头，危险并没有结束，大难之后又跟来了大祸。在旁边的一个小孩捡起一块石头向鸽子砸了过来。鸽子想躲，但没有一点力气。石头砸到了鸽子的头，幸好是一块不太大的石子，扔石子的又是小孩子，没有太大的力气，只是把鸽子的头给砸伤了，并没有砸烂。

这时的鸽子再也不对大千世界有什么幻想，它忍受着头上的重伤，鼓动着已经受伤不轻的翅膀，带着早已扭伤了的腿和脚，好不容易才飞到了自己的家乡。所幸的是，这一段时间并没有新的灾难再次降临，要不然鸽子一定是活不了的。更幸运的是自己最亲近的朋友也没有变心，抛下自己不管；相反对它更加细心地照料，喂它吃药，帮它把伤治好。很快这只鸽子的伤痛给忘记了。但有一点，它却从此死死地记住了，那就是再也不会轻易地决定离家远行。

鞋匠和富商

从前有一位富商，他非常有钱，是方圆远近的首富。他住的房子足足有几十间，院子好大好大，院内种满了各种奇花珍草。他每天吃香的喝辣的，山珍海味从来没有缺少过，家中美酒就珍藏了好几十坛子，随时都可以喝，每顿饭不是酒会就是盛宴。他家里的金银财宝多得数不过来，他从来都不一个一个地数而是按箱子计算。他每天都至少要换一件名贵的衣服，旧的衣服脱下来从来都不会再穿第二次。可以说他这种日子实在是人间天堂，别人从来都不敢想的，简直比神仙还美呢。

他从来都不担心这些与钱有关的事，因为他知道他的商店多的是，不用发愁，这些在他看来是九牛一毛的小开支。但有一件事却使他非常苦恼：那就是他每天夜里都睡不着觉，他自己也知道这是什么原因。不知道是因为害怕上帝的审判，但他从来也没有犯过什么大罪呀；还是担心突然的破产，应该说这也是不可能的，因为凭他的实力，目前所有的富人中没有谁可以与他抗衡，但自从他非常有钱之后，他没有睡过一次好觉。真是奇怪了，他感到不可思议的是，他家隔壁的邻居——一位修鞋匠，他们家贫穷得再不能贫穷了，住的只是一间茅草屋，别的什么值钱东西都没有，但鞋匠每天都很快乐，整天整天地唱歌。也许是嫉妒，也许是别的原因，反正富商实在是不想再听见邻居整天的歌声。

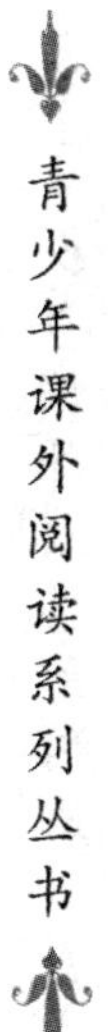

如何才能使鞋匠停下歌声呢？他终于想出了一个办法。第二天他把鞋匠请到了自己的跟前。“亲爱的朋友，你身体还好吗？”富商问道。“邻居先生，我身体十分好，谢谢你对我的惦记。”鞋匠诚实地回答。富商又笑着问鞋匠：“那么我亲爱的兄弟，你最近生意怎么样，还兴隆吗？”“买卖吗？还行，近来比前一段好了许多，每天都能多挣好几个卢布呢！”鞋匠搞不清楚富商问这些究竟是什么意思。“怪不得，我正在纳闷呢，为什么你每天都那么快乐，总是唱歌，原来如此。看样子你生活得很幸福！”富商终于说出了问题的实质。“这有什么可奇怪的呢？我感觉也没有什么呀！我生来就很知足，没有什么过多的奢求。我整天干活，一刻也不停下来，根本就没有空闲时间让我来发愁什么的。更重要的是我还有一个年轻、漂亮、贤惠、心地善良的妻子，单凭这一点，我的日子过得就十分甜蜜。"鞋匠得意地对富商说道。

"那么你有钱吗？"富商继续问道。"没有什么多余的钱，仅足够生活而已。不过，我也没有什么过多的奢望，就这样子我已经知足了。"鞋匠实话实说。"那么，我亲爱的朋友，你难道不想生活过得富裕一些吗？有钱总是比没钱好得多吧，你说呢？"富商进一步问道。鞋匠是一个老实人，所以对任何问题都实话实说，这一个当然也不例外。"这叫我怎么说呢？"他说，"我感到现在的生活已经够不错的了，这就应该感谢上天对我的恩赐。可是，尊敬的先生，你自己也明白，人活着总是想多挣一些钱，所有的人都是这样，我当然也不例外。照我看来，你大概也总是在想尽各种办法使你的财富不断增加；你钱都那么多了，还是这样子的，我自然也想多赚一些，使我的生活过得更富裕一些。""亲爱的朋友，你的话简直就是至理名言。我这里有一大口袋子钱，你拿回去吧，我送给你了，因为你的诚实让我十分高兴。今后相信上帝一定会保佑你的，保佑你财运亨通，生活越来越美满。但是要注意的是，这些钱你可不要随便乱用。口袋中总共可能是五百卢布，这可是一笔很不小的数目呀。好啦，你把钱拿走吧，再见！"富商最后说道。

鞋匠一听，高兴得很，抓起富商给他的钱袋扛到自己肩上就跑回家去。当天晚上，鞋匠悄悄地把钱埋在了自己家的地窖里。按理说他比以前有钱了，应该高兴才对，可他不但每天再也高兴不起来了，而且竟然也开始失眠了。从此以后他什么事儿都疑心重重的，什么东西都会使他心中不安，就连小猫不经意地来到床前，在床沿上搔一搔，他都以为是小偷摸到了自己家的窗前，要去偷那一袋子钱。从而禁不住就会吓出一身冷汗，竖起耳朵仔细地听这些声音。总之，鞋匠以前的那种宁静而又快乐的日子不会再有了。

鞋匠起初怎么也不明白为什么事情会有这么大的变化，经过一段时间的苦苦思索，鞋匠终于明白了事情的关键所在——就在富商给自己的那一袋子钱上。于是鞋匠拿着钱袋子来到了富商面前，诚恳地说道："尊敬的先生，谢谢你的好意，你送给我的钱，我不需要了，我如数还给你，好吗？当我没有这笔钱的时候，我根本就不知道什么是失眠，自从你送给了我这一袋子钱后，夜里我就再也没有睡过一次好觉。我请求你，收回你自己的钱，由你自己来守着你的财富吧！我宁愿不要很多的钱，但我不能没有快乐，不能连睡觉都睡不踏实。"说罢，放下钱袋，走出了富商家的大门。

大火和金刚钻

一点火星不小心被吹到了一幢房屋的身边，顷刻之间燃起了熊熊大火，大火烧了整整一个晚上，整幢房屋都被吞没了。人们都在忙于救火，慌乱之中，一颗金刚钻掉在地上而没有被人们发现。

金刚钻透过浓浓的烟雾在路边闪着自己微弱的光芒。大火注意到了金刚钻，也看到了它那微弱的光，于是对金刚钻说："你和你那点儿光辉在我面前简直太不值一提了。即便是一滴水珠或者一块玻璃在我或太阳的照耀下，发出的光亮也跟你差不多。再说了你也许会遇见各种突如其来的灾难，如果一件小东西，哪怕是一块小布片，都能够完全挡住你的光亮！即使是一根细小的头发丝，也能够紧紧地把你缠上！而我要是发起怒来，我能够吞没许多栋楼房，没有谁能把我给怎么样了，没有什么东西能压下我的光芒。不用说远的，你就看现在，我就这么稍微发了一下怒，一整栋房子就快没有了，人们正在竭尽全力地阻挡我，我根本就没有把这些人放在心上。凡是我碰到的东西，我统统把它烧光，一点儿不留，我的火光在空中飞舞，吓得周围所有居民没有不惊恐的。"

金刚钻诚实地回答道："的确，我的光亮在你面前是微不足道，显得十分微弱。但我没有危害，也没有人对我惊恐和担心，因为我不会给人们带来任何损失,我给他们带来的是荣耀。除非有嫉妒心的人们,才会对我的光亮感到恼火。而你的光亮确实十分强大,可是你的火焰也就只能给人们造成破坏,所有的人都在尽全力联合起来把你扑灭。你越是厉害,越是疯狂,人们越担心自己的财产受到更大的损失,就更加努力地扑灭你,你完蛋的日子来得就越快。"

大火听到这里对金刚钻撇了撇嘴说:"不用说了,我知道你是在嫉妒我。我有你说的那么坏?你瞧我现在不还是好好的吗?而你呢?不还是在路边没有人理睬吗?"

这时,人们正在调动一切力量来灭火,黎明前大火终于被完全制服了,大火不存在了,只剩下了黑烟和焦臭味随风飘散。而那颗金刚钻很快就被人们发现了,这可是无价之宝,捡到的人高兴万分,很快就把它献给了皇帝,于是金刚钻就变成了皇冠上最美丽的一块。

好心的狐狸

射手射死了知更鸟。这一场灾难到此结束倒也罢了,不料,知更鸟还有三只雏鸟儿,它们成了孤儿再没有妈妈照料。小鸟刚刚出壳,饥寒交迫,叽叽喳喳,呼唤妈妈,一声一声悲哀地鸣叫,然而叫也徒劳。

鸟巢下面的石头上蹲着只狐狸,它开口对众鸟说道:"看着这些可怜的小鸟,谁能不心疼?哪一个能不同情?列位好心的鸟,别抛弃这些雏鸟,哪怕给它们一粒粮食也好,再不然给它们的巢里添一根草,你们这样做是爱惜生命,有什么能比慈善事业更崇高!杜鹃啊,瞧,恰巧你正在换毛,顺便多拔几根岂不更好?用你的羽毛为它们铺成褥子,不然那些毛也是白白丢掉。还有你呀,高空的百灵,你一直在嬉戏,在翻腾,你最好去草地、去田垅,为可怜的小鸟寻找昆虫。还有你呀,斑鸠,你的孩子一个个都

已经长大，它们能自己觅食，你不必牵挂，自有上帝照看它们，你最好离开自己的家，飞到这里来给小知更鸟当妈妈。燕子啊，你快去捕捉斑蚊，让这些孤儿能饱餐一顿。至于你呢，可爱的夜莺，你知道最动人的是你的歌声，当清风轻轻晃动着鸟巢，你最好唱支歌儿伴它们入梦。你们都听我说，让我们证明，森林里也有善良的心灵……”

狐狸的话还没有说完，三只小鸟已经饿得头晕目眩，从窝里掉下来，正掉在狐狸身边。狐狸怎么样？立刻吃了三只小鸟，不再鼓吹它的慈善。

读者啊，你不必惊奇！人是否真正善良，不在词句。善良的人默默行善，谁把善良挂在嘴边夸夸其谈，不过是借助他人表示慷慨，而且他自己的利益不受损害。这种人的言谈话语，完全像这一只狐狸。

病痛与蜘蛛

病痛和蜘蛛是魔鬼大王的孩子，他们在充满了邪恶的地狱里长大。有一天，魔鬼大王把他们俩叫到跟前，说：“我的孩子，你们都长大了，也该自己出去闯一闯，建立自己的家业了。”魔鬼大王顿了顿，接着说：“哦，孩子们，我实在舍不得让你们自己出去，你们长这么大，还从没有离开过我，不过，成了年的孩子没有自己的工作和事业，的确也是父亲痛心的，所以，今天，你们要离开我了，我将把你们送到人间去，在那里你们可以有一番作为。不过，也许你们在那里会吃些苦，受些累，甚至还可能会受到一些人的谩骂，没关系，孩子们，你们一定要坚持住，你们是我的孩子，你们最终一定会成就一番事业的，我相信你们会成功的。”

“好的，我们一定不让父亲失望。”病痛和蜘蛛知道父亲的脾气，异口同声地向魔鬼大王作了保证。

“很好。”魔鬼大王满意地点点头，微笑着说：“孩子，你们往那边看，那里一边是繁荣的城镇，有着豪华的宫殿住宅，在那里吃的是山珍海味，盖的是鹿皮羊绒；另一边是偏僻的山村，那里只有简陋的茅草屋，和宫殿的住宅比起来，那里贫穷、狭窄、肮脏。你们看谁去城镇，谁去农村？”

“我可不去茅草房，我要去美丽宽敞的宫殿，我要去宫殿！”蜘蛛抢先开了口。

“好，那你就去乡下吧，让你弟弟去城镇吧。”魔鬼大王对病痛说。

“好吧。”病痛表示赞同，“我愿意去乡下，那里缺少医生，离药店也很远，一定会是我大展身手的好地方，要不，我在城里会被医生从东家赶到西家，我可不愿意受那份折磨。”

魔鬼大王见两个孩子达成了一致，就依依不舍地送他们到人间去开创自己的事业了。

先说弟弟蜘蛛吧，它从地狱来到了繁华的人间都市，一下子就被这个五彩缤纷的世界吸引住了。它先用了三天的时间，在城镇旅游了一圈，然后爬到了一座金碧辉煌的宫殿的屋檐下，它想：这个地方很高，可以看见下面发生的一切事情，而且还可以很好的通风，住着一定很舒服，也一定能捉很多的苍蝇和蚊子。于是，蜘蛛就在屋檐下织起网来。黎明时分，它终于织好了它的第一张网，它刚坐下来休息，一个穿着长衫的仆人走过来，拿着扫帚，一下把蛛网全都扫掉了，蜘蛛也被摔到了地上。等蜘蛛明白过来到底发生了什么事情的时候，它的蜘蛛网也早已经变成肮脏的一团，被仆人扫到垃圾堆去了。第一次尝试就这样失败了，不过，蜘蛛决定再重新试一次，它想，自己一定能在这里站稳脚跟，只不过上次是自己选错了地方。

于是，蜘蛛又打起精神，它环顾了一下四周，就决定在壁炉边上试试，它费了好大劲爬到壁炉边上，谁知那可恶的仆人正好走过来，发现了它，仆人就又用扫帚把蜘蛛扫了出去。这下，蜘蛛被弄得灰头土脸，狼狈极了。当蜘蛛后来又尝试着在玻璃窗户和柜子里面结网时，都被仆人发现，给毫不留情的扫地出门了。蜘蛛沮丧极了，它的所有的织网工程最后都失败了，而且自己几乎还丧了命，它绝望了，它打算去乡下看一看姐姐，它准备如果实在混不下去，就还回地狱去。

蜘蛛用了五天的时间才来到乡下，它在一个农夫的家里找到了病痛姐姐，它原以为姐姐在这里生活得很幸福，就像宫殿里的皇后一样舒适，哪知却发现姐姐的境况也很悲惨。姐姐哭着向它诉苦："弟弟呀，你不知道，我在这里，日子过得比谁都惨，你看就是那个花白头发、弯腰驼背的老头，它就是我的主人。可是在他身上，我一天福都没有享到——他整天带着我一起下田，一块割草、砍柴，担水的时候也拉着我，都快把我折磨死了，他却越来越精神。"是啊，蜘蛛发现病痛姐姐也瘦多了，看来病痛姐姐在乡下也快生存不下去了。忽然，蜘蛛有了一个想法，它决定跟姐姐交换一下领地，让姐姐到都市去，自己则留在乡下，病痛听了蜘蛛的想法，也愉快地答应了，就这样，蜘蛛住进了农夫的破烂的茅草屋，病痛则去了豪华的城市宫殿，并在那里定居下来。

有一天，魔鬼大王派人去查看蜘蛛和病痛的情况，那人回来报告说："蜘蛛在农夫的破茅草屋里，从来不用担心扫帚、鸡毛掸子的打扰，农夫根本就没有空闲来管它，它把墙上、墙角、屋顶、窗台上、床头上、柜子上都布满了蛛网，每天抓无数的苍蝇、蚊子，生活的很好。病痛姐姐在京城也很好，她住在一座豪华的大房子里，在一个白发的老头腿里，那个白发的老头可是个了不起的大人物。病痛姐姐去了以后，这老头就再也没有安生过，他用绒毛的被子盖在腿上，病痛小姐睡得很暖和，而且她自由地在富人和名人家里窜来窜去很幸福。"

"好。"知道自己的孩子都生活的很好，魔鬼大王很满意地笑了。

离开沼泽地的青蛙

一只青蛙想离开沼泽地，到一个新的地方去生活。一番认真地考察之后，它真的把家搬到了后山上的一个小洼地里。那里长满了茂密的灌木丛，很阴凉，蚊子等小昆虫也很多，青蛙在这里衣食无忧，生活得很舒服。

然而好景不长，夏天到了，火辣辣的太阳炙烤着天地，青蛙的新居周围的环境也变得干燥无比，许多灌木忍耐不了持续的高温和干旱，都慢慢枯死了，地上甚至都要裂出缝来。青蛙忍受不了这样的环境，就在它的新居里祈求老天爷："老天爷啊，求你别再让我这个可怜的人受罪了，我求你下一场大暴雨，把大地和这个山头都淹没，让我的新房子也永远湿润，这样我才喜欢。求上天可怜。"

然而，天空依然晴朗，太阳甚至更加毒烈地炙烤着天地。青蛙一遍又一遍的祈求，却没落下一滴雨。最后，青蛙愤怒了，它破口大骂起来："你这个狗屁破老天爷，你死了吗？你听不到我的祈求吗？你的眼瞎了吗？你的耳朵聋了吗？你真是枉为老天，却没有一点同情心，不明白一点事理，你看不见我都快被折磨死了吗？"

上天听见了青蛙的话，并没有动怒，他只是严厉地批评了青蛙一顿，说："你这只自私自利的青蛙，你怎么能因为你自己的需求，要求我把其他的人们都下暴雨淹死呢？你不要再在这里吵吵嚷嚷的，如果受不了，你最好还是先滚回你的沼泽地去！"

驴子和农夫

农夫花费了许多心力在园子里种满了庄稼，庄稼茁壮成长。秋天的时候，庄稼快熟了，农夫等着收获很多的粮食。

但是，马上就会有麻雀和乌鸦都来偷吃农夫的庄稼，农夫没有办法，只好雇了一头驴子来帮自己守庄稼。这头驴子从生下来就很诚实，也知道守规矩，它很勤快，从不偷懒，白天黑夜地帮农夫看守园子；它也很自律，庄稼有叶子，它一片都不曾嚼过；它更不像鸟儿们那样做偷盗的勾当，所以它也根本看不惯鸟儿们偷食的行为。它每天认真地替农夫看守着庄稼。自从它来到园子以后，那些麻雀啊、乌鸦啊，都被断了食路。它们再也不能随心所欲地啄食那些饱满的谷粒了。因此，鸟儿们对驴子都恨之入骨，但驴子依然尽忠尽职地为农夫守田。

有一天，农夫来到园子里，他想看看驴子有没有偷懒。但看到的一幕让他顿时怒火中烧。原来，头脑简单的驴子，一心想着赶跑偷食的麻雀和乌鸦，它就撒开腿在田里跑，一会儿这边赶麻雀，一会儿那头赶乌鸦，这样胡奔乱跑，就把园里的庄稼踩得东倒西歪，农夫辛苦劳作的庄稼都因此而死去。看到自己的劳动果实都被驴子毁掉了，农夫愤怒极了，他顺手抽出一根木棍，就朝正在追赶麻雀的驴子的背上打下去，驴子憨头憨脑地问农夫："为什么要这样？"农夫懊悔地边打边说："唉，你这个畜生，呆头呆脑，我让你看守园子，可你哪有这个智慧和头脑，你就是一头蠢驴！"

鸟儿们都在树梢叫着："打得好，打得好！"

作家与抢劫犯

阴森森的地狱里，判官正审判抢劫犯和作家。他说："你们两个，一个是无恶不作的歹徒，结果是恶贯满盈，终落法网。一个是尽写那些庸俗不堪、低级下流作品的作家，流毒人间，遗害万年。所以你们两个人都要受到应有的惩罚。今天，本判官判你俩同时受煮刑，立即执行。"

于是，抢劫犯和作家同时被推进两口悬在大粗铁链上的铁锅里，复仇女神走过来，把下面的火点着，还亲自拉着风箱吹风助火。先说抢劫犯吧，他下面的火势一开始就很盛，邪恶的火舌伸着舌头，烧得屋顶的石块都啪啪作响，抢劫犯在铁锅里被烫得嗷嗷直叫，昏死过去。

再看作家，他下面的火苗可比抢劫犯下面的小多了，但作家依然被烫得浑身伤痛。作家下面的火势越来越旺，作家的痛苦也越来越深。

就这样，复仇女神看管着，每天不停地对作家和抢劫犯用刑，一晃几个世纪过去了，抢劫犯下面的火苗越来越弱，慢慢熄灭了，而作家下面的火势却越来越猛烈了。作家在痛苦中向复仇女神表示抗议："我抗议！不公平！尽人皆知，我是举世闻名的作家，即使我写的东西内容不够高尚，但我受到的惩罚也早已经够了，无论让谁说，都会认为我的罪过比抢劫犯轻多了，他杀了那么多人，我却一个人也没有杀过。"

复仇女神拿着蛇鞭走了过来："可怜的人啊，你居然还以为自己的罪过比抢劫犯小？和你比起来，抢劫犯算得了什么！他只不过专横一些、残暴一些，也仅仅只杀了有限的几个人。但你就不同了，即使几个世纪以后的今天，你造成的祸害还在一次次地显现，你作品中的信仰和道德丧失的毒素就像海伦小姐的声音一样甜蜜，但却那样的危险。你看看，那毒在人间还酝酿着一出出的夫妻离异、当局腐败、孩子幼小的心灵被迷失的悲剧。你的作品引导人们放弃信仰和道德，去幻想纵欲和犯罪的自由，你引起了更多的谋杀和抢劫，甚至引起了国家之间的战争。人间因为你，直到今天，还在流着多少的血和泪水。你说这不是你的罪责吗？你竟然还好意思来指责我们神不公平。忍着吧，这都是你应得的报应，甚至比你应得的还轻。"复仇女神说完，就又加了一把柴火，拉起了风箱。

想当孔雀的乌鸦

一只乌鸦忽然觉得自己与众不同，很有风采，再也不想和自己的同类为伍，它异想天开地想做一只孔雀，它觉得孔雀的尾巴最漂亮。于是乌鸦在自己的尾巴上插满了孔雀羽毛，它照照镜子，觉得自己已经和孔雀一般无二了。

· 小乌鸦高傲地跑到孔雀群里，它原以为孔雀们一看见它，就会一窝蜂地围上来，像欢迎国王一样欢迎它，而且不光认它做自己的亲兄弟，或许还会有一只美丽的孔雀爱上它。然而，在孔雀群里，小乌鸦受到的并不是什么礼遇，而是一顿迎头痛击。孔雀们讨厌乌鸦插上同类的美丽羽毛，跑来炫耀，它们就上前一起把乌鸦屁股上插的美丽羽毛都拔了个精光，而且拔下不少乌鸦自己的羽毛。它们要给这只不知天高地厚的乌鸦留下一次深刻的教训。

倒霉的乌鸦只好又回到自己的乌鸦群里。而在那里，它同样没有得到安慰，乌鸦群并没有认出乌鸦，它们见一只几乎光秃秃的鸟儿飞了来，侵占了它们的领地，也群起而攻之。乌鸦们齐心协力，共同把这只异想天开的乌鸦的羽毛全部拔光，然后把它赶得远远的。

可怜的乌鸦最终落得了这么悲惨的下场。

乌鸦和狐狸

一只乌鸦在林子里捡到一块肉，它高兴极了，想找个安静的地方美餐一顿。

乌鸦刚刚在树枝上站住脚，不远处一只狐狸就闻到了肉的香味，狐狸四处张望，发现叼着肉藏在树枝上的乌鸦，于是它蹑手蹑脚地来到了这棵树下。抬头仔细一看，乌鸦叼着的这块肉可真是又大又肥呀，狐狸的口水都要流出来了。

狐狸心想：无论如何得想办法把乌鸦这块肉给骗过来。于是狐狸很有礼貌地冲着乌鸦细声细语地打起了招呼："你好！漂亮的乌鸦，几天不见，你变得更加美丽了。你的羽毛像缎子一样光滑，你的爪子像雄鹰一样

锋利，还有你的脖子，你的眼睛都是多么的可爱与美丽。我猜想你的歌声也一定很美，一定可以赛过林子里所有的鸟类，像天使的歌声一般好听。能请你唱支歌给我听听吗？”

乌鸦一向喜欢听赞赏的话。听了狐狸的奉承，高兴得手舞足蹈起来，于是，便急不可待地亮起了喉咙：“哇——”只这么一声，乌鸦刚张开口，嘴里叼的肉就掉到了地上。

狐狸捡起地上的肉，叼在嘴里就一溜烟跑走了。

乌鸦傻傻地呆在树枝上，后悔得要死。

挑花了眼的姑娘

从前有一位美丽的姑娘，年方十八，要找对象。可这姑娘目空一切，比如对方要潇洒英俊，要出身名门贵族，要年方二十，身体强壮，还要功勋卓著，胸前挂满了勋章。总而言之，她要求人家十全十美。

事实上天下哪有这样十全十美的对象？即使是具备了这些条件，姑娘还要对方一心一意地爱她，绝不能对别的姑娘有任何好感，哪怕多瞧别的姑娘一眼都不允许；同时对方还不可以有一点点醋意，对自己的放荡行为不能有任何的不满。

可姑娘的运气还真是不错，虽然她提出了这么多的条件，求婚者还是蜂拥而来，多不可数，而且清一色的名门子弟。姑娘十分高兴，开始按她的口味大肆地挑剔。虽然在别的姑娘看来这些男子都是她们的梦中情人，可望而不可即的，但在这位姑娘眼中，这一批男子没有一个适合她的心意。上来一个年方二十、身体强壮、胸前挂满勋章的英俊潇洒的美男子，姑娘一看撇了撇嘴，叹道：“不行，不行，他是个平民百姓，这怎么可以。”又上来一位，年方二十、身体强壮、英俊潇洒、出身名门贵族的小伙子，姑娘一看，摇了摇头，说道："不行，不行，他勋章太少，肯定没有立过什么大功。"再上来一位，年方二十、身体强壮、英俊潇洒、出身名门贵族，胸前也挂满了勋章，姑娘问了问，又摆了摆手，讲道："不行，不行，他虽然立过不少功，有一定的官衔，可是太穷，我怎么能和穷人过一辈子呢?"紧接着上来的一位各方面条件都适合，只是鼻子有点大，姑娘也看不上，说道："连相貌都不漂亮，还想和我处对象，门儿都没有。"小伙子们一个个接连来到了姑娘的身边，一个个又都败了下来，在姑娘看来，他们不是这里不好，便是那里有毛病，没有一个符合标准，称心如意的。于是这些求婚者都被打发回家去了。

过了几年，姑娘已经是二十出头了，这时又来了一批媒婆向姑娘提亲，不过这时这些媒婆介绍的已经是二流的小伙子了。这些人当然也被这狂妄的姑娘回绝了。

媒婆们看了看姑娘，什么话都没有说悄悄地退了出来，其实她们既扫兴又报怨，心中说：你是漂亮，可是你今年的年龄可是不小了，比前几年大多了，怎么还能拿原来的标准来要求现在的小伙子呢，事实上他们已经是够可以的了。听到了这些先例，再也没有谁敢轻易去姑娘家求婚，求婚的人变得愈来愈少。

又一年过去了，再也没有一个媒婆来她家求婚了。年复一年，日子越过越久，竟然连一家的小伙子都没有托媒婆来提亲，这时年轻漂亮的姑娘已经变成了老姑娘了。老姑娘每天都闲得无聊，没办法，只好看看自己年少的同伴，而这些同伴没有一个再留在家里没出嫁了，只有老姑娘一个人，似乎这时世间所有的小伙子都忘记了这位姑娘。老姑娘开始发愁了，她照了照镜子发现自己真的正在变老了。过去的年轻美丽已经不存在了，年轻时脸上的红晕早就不见了，明亮清澈的眼睛也不再有神采了，就连脸上的酒窝也不见了。随着年龄的增长，老姑娘早已失去了早时的活泼和欢乐，留下来的只有发愁和等待。日子就这样一天天地过去了，不久老姑娘的头发中竟然有了几根白发，衰老的症状一天天逼近了她。

这个过去一向高傲的姑娘此时再也不高傲了，因为理智告诉她：自己的年龄实在是不小了，赶快找了人家嫁了吧！无论她看到什么样的男人，即便她再瞧不上眼，但她总是劝自己说："趁着自己还没有完全变老，为了这一辈子不终身孤独，无依无靠，赶快找个人家嫁了吧！"但这时所有好一点的男人都对老姑娘没有好感，只有一个残废的男人——缺了一条腿勉强看上了她，只向她求了一次婚，我们原来年轻漂亮的姑娘现在就高高兴兴地嫁给了这个人。

梭鱼和猫

有一条梭鱼天天都在水里和别的鱼儿呆在一起，时间久了实在是尝够了鱼儿的味道，不想再和鱼儿呆在一起。有一天，它无意间听说猫过得很不错，抓老鼠的本领很高，想什么时候吃老鼠简直不用费劲。梭鱼听到这些话后，感到猫过得太好了，自己要是能像猫一样那该多好哇！于是它原有的虚荣心就产生了，决定要学一下捉老鼠的技巧。

它死死地哀求猫儿："猫亲家，你把我带到粮仓里去吧！听说那里的老鼠特别多，不妨你教我几手，让我学会捉老鼠。那样我就再也不会在水里和那些鱼儿呆在一起了，你瞧它们一个个都傻头傻脑的，每天都湿淋淋的，好没有意思呀！你快带我去吧！"

"算了吧，亲家，我劝你还是呆在水里吧，水中多好哇！干嘛非要到粮仓那样的地方去呢？再者说了，这方面你是外行。捉老鼠哪里有那么容易的事情，其实说来还是很困难的。如果你一定要去，那一定要小心，千万别遇到行家。俗话讲得好，事情就怕遇上行家，那你就惨了。"猫儿好心地劝着梭鱼。

梭鱼听了不以为然："得了吧，亲家，你还骗我，捉老鼠有什么难的呀。我早就听说了你一天就能捉好多只。我在水中什么没有捉过，无论是大鱼和大虾，只要遇上我，一准被我给抓了。让我在陆地上捉老鼠也不会太难的呀！你就带我去吧！”

没有办法，猫儿只好带上了梭鱼，临行前它再三叮咛梭鱼，一定要小心。

在粮仓中，梭鱼像猫儿一样埋伏起来，等待着老鼠的出现。不久，一只老鼠冲了出来，猫儿一个箭步冲上前去很轻松地把老鼠逮着了。梭鱼看到这儿，心中很是不服气：不就是稍微比我快了一点儿吗，别的还有什么，下一次我一准跑得比你快，肯定捉一只比你的更大。

又过了一会儿，又一只老鼠来偷吃粮食了，梭鱼看见了，可是怎么也动不了，眼睁睁地看着猫再次把老鼠给捉去了。这时梭鱼已经不再抱怨了。因为它不但不能捉老鼠了，而且已经渴得半死啦！

整个下午过去了，再看一看，猫抓了好多的老鼠，自己既吃饱了，又玩够了。而此时的梭鱼半死不活地躺在地上，张着大嘴，呼呼地喘气，它的尾巴已经被老鼠给咬掉啦。看来梭鱼实在不是逮老鼠的料，猫儿看一看地上躺着的可怜的梭鱼，为了救它的命，没有办法只好把它拖到池塘里去了。

大　官

古代有位大官，离开了华丽的枕席，启程到冥王治下的国度去。简而言之，他咽了最后一口气。

依照古时惯例，大官来到地狱拜见冥王。审判即刻开始：“你曾任何职？生在何地？”

“当过省长，生于波斯。因我生前身体虚弱，未曾亲自行施权力，事无巨细，都委托秘书代理。”

“那你做些什么事？”

“吃吃喝喝，睡觉休息，秘书呈上什么，我就提笔签字。”

“快把此君送到天堂去！”

“怎么送天堂？有什么依据？”差役脱口叫出声来，完全忘记了对上司的礼仪。

冥王讲：“唉，老弟！你真是不通事理！莫非你看不出，亡者是个白痴？大权在握，倘若他参与政事，全省百姓必将饿殍遍地，那里的眼泪将倾泻如雨……正因为他不曾治理，才有幸升到天堂去。”

日前我在法庭见到一位法官，嘿！看起来他有资格升天！

野山羊

冬天，牧人在山上游逛，发现山洞里有几只野山羊，他含着热泪祷告上苍：“好极了！我不需要别的珍宝，我的羊现在增加了一倍，就是不吃饭，不睡觉，我也要把可爱的野山羊喂好，我将成为这一带最富有的阔佬！常言说得好：老爷靠田产，牧人靠羊群，羊群能献出流水似的贡品，积攒奶油奶酪，获取羊皮羊毛。只有饲料必须自己操心，可牧民为了过冬早就备足了干草。”

牧人把自己家绵羊的饲料匀给野山羊，对野山羊关怀体贴、耐心而又周到，一天工夫就看望一百遍，想方设法地细心照料它们。他减少了原有绵羊的饲料，完全不顾它们的温饱，自家的绵羊总好将就，每只羊撒一把草已经不少了！绵羊争嘴吃，就给它点儿颜色瞧瞧，让它别总在主人跟前瞎撞乱跑。

可是春天一到，事情变得非常糟糕。野山羊一只不剩地逃回山里去了，因为离开山岭它们就会感到烦恼。牧人的绵羊此时瘦弱不堪，接二连三地病倒，最后全部死掉。牧人落得一无所有，不得不挎个布袋去流浪乞讨,虽然去年冬天,他盘算发财致富想得极其美妙。

牧人哟,我有一言愿意奉告:与其为野山羊白白浪费饲料,不如爱护自家的绵羊会更好!

主人和她的两个女仆

有一位上了年纪的老太太,她很有钱,但平时仍然十分注意节俭,特别会精打细算。老太太还很爱啰嗦,任何一件小事都要引起她一刻不停的唠叨和报怨,再加上她为人又刁钻刻薄,她的仆人们都不喜欢她。

有一次,她托人雇了两个年轻的女仆,为她纺纱织线。由于觉得自己在这两个女仆身上比其他仆人多花了三十五块钱的介绍费,所以,她决定还从这两人身上把不应该花费的钱捞回来,这下可苦了两个年轻的女仆了。但老太太不管那么多,她认为:既然我出钱雇了你们,那么为我干活是天经地义的。所以,每天天还没亮,当她养的那只大公鸡一叫,老太太就穿上鹿皮袄,戴上狐皮帽子,起来升上壁炉的火,然后一刻不停地,颤巍巍地走到纺织姑娘住的柴房里,用她瘦得只剩下皮包骨头的老手把正在睡梦中的两个姑娘推醒,嘴里还吵着:“起来,起来,鸡都叫了,还睡懒觉,起来干活,不许偷懒,起来,起来,现在的年轻人真是懒哇!”两个可怜的姑娘被迫起来,努力睁开困倦的双眼,来到纺织机前,开始工作。倘若有哪个姑娘稍微起得慢一点,老太太就会用她的手杖毫不留情地向姑娘头上敲击,嘴里还不停地嘟嘟嚷嚷。就这样,两个姑娘开始了她们一天的工作,一刻也不能休息,一天下来疲惫不堪。然而,刚躺到床上休息一会儿,鸡又叫了,随后,老太太马上就又像幽灵一样出现在她们床前面,逼她们去干活。就这样,从早晨到晚上,从春天到秋天,两个可怜的小仆人没有睡过一个囫囵觉,她们觉得累极了,她们不停地埋怨那只讨厌的大公鸡:

“都是你，你干嘛叫那么早，你不叫，老太太起床可能会晚点，我们也能多睡会儿，都是你这只讨厌的坏东西！谁叫你瞎叫乱叫，你不得好死！”

一天，机会终于来了，女主人和其他的仆人都参加森林篝火会去了，她们俩商量了一下，就大着胆子，到鸡舍里，把那只早早进窝正在酣睡的大公鸡揪出来，点着大公鸡的脑袋数落它的罪状。谁料越说越气，越说越气，老是挨主人杖敲的女仆一把抓过公鸡，揪住脖子，三两下就把鸡头拧下来，把鸡身子扔在了一边，大公鸡还没明白过来发生了什么事情，就一命归西了。两个姑娘总算出了一口恶气，心想，这下，终于可以不必再起那么早了。

然而，事情完全出乎意料，可恶的大公鸡是不再叫了，但老太太催她们起床的时间却更早了，因为现在老太太把大公鸡的死迁怒到她们身上，让她们起得更早了，并且每天怕错过时间，几乎她们刚沾上床板，闭上眼睛，老太太就来把她们叫醒，这时甚至所有的公鸡都还没有开始打鸣。直到现在两个女仆才明白：她们刚跳出一个火坑，却又落入了另一个更深的火坑。

杜鹃鸟与斑鸠

春天的时候，杜鹃鸟遇上了它心目中的白马王子，两个人恩恩爱爱，很快就有了小杜鹃宝宝。小杜鹃宝宝需要从蛋里孵出来，那要杜鹃鸟在窝里蹲好多天，才能使小杜鹃宝宝孵化出来，杜鹃鸟可不愿意把美丽的春光都浪费到孵小杜鹃宝宝上。于是，聪明的杜鹃鸟把蛋下在正在孵蛋的其他鸟的巢里，然后拍着翅膀，哼着小曲去寻找快乐了。

转眼秋天到了，人们都忙着收获，杜鹃鸟飞到了枝头，它觉得有些累了，想休息一下。这时它看见一只母鸭子带着一群小鸭子到野外来找食吃，小鸭子们围着母鸭子叽叽嘎嘎的嬉戏，那气氛既温暖又幸福。杜鹃鸟又看到老母鸡在呼唤小鸡们，听到妈妈呼唤的小鸡们像可爱的小球球一样一个个跑向母鸡，围在母鸡周围又打又闹，母鸡妈妈乐得“咯咯”地笑个不停。它想起了它春天下的那枚卵，不知道它的小杜鹃宝宝现在怎么样了，如果它现在就在自己的身边该多好啊。可是，杜鹃鸟站在枝头，四下里张望了一下，哪里有小杜鹃的影子。杜鹃鸟越想越伤心，禁不住“咕咕”地哭起来。

听到声响，一只斑鸠飞了过来，一看是自己的老朋友，斑鸠就殷切地问杜鹃鸟出了什么事情，这么伤心。

“啊，斑鸠老姐姐，我伤心啊，你看看母鸭子和老母鸡它们的孩子跟着它们多么幸福啊。你也知道，春天的时候，我也下了一只蛋，应该是能孵出小杜鹃鸟的，你说现在它为什么不在我的身边呢，难道它忘了我是它的亲生母亲了吗？”

“噢，原来是这样，杜鹃鸟大妹子，你也别太伤心。孩子不爱母亲确实也很气人，我很同情你，不过，大妹子，说句公道话，你可别见外，”斑鸠顿了顿，见杜鹃鸟点了点头，才接着说：“你是生下了它，可是你是否曾经为它衔过草根树枝，建一个温暖的巢？”杜鹃鸟摇了摇头。“你是否曾经在家里蹲过三四十日把小杜鹃宝宝孵出来？”杜鹃鸟又摇了摇头：“没有，我才不会呢！把那么美好的日子都浪费在家里，把自己搞得蓬头垢面，像家庭主妇一样，这样的傻事，我才不干呢！我直接把蛋生在了别人的鸟巢里。”

“好了，”斑鸠拍了拍杜鹃鸟的肩膀，语重心长地说：“杜鹃鸟大妹子啊，也别怪老姐姐我说你，你看像你这样，只生不育，又不养，还不教的，你怎么能要求孩子们跟你亲热呢？”

听了这话，杜鹃鸟的脸“刷”地一下红了。

三个乡下人

三个乡下人在彼得堡以赶车为业。他们付出了辛苦，也有过快乐，现在他们要返回家乡，顺路在一个村子里住宿过夜。

我们的客人要了晚饭，因为乡下人不喜欢临睡前挨饿。

乡村里哪有丰盛的晚餐？一盆素菜汤，几片面包，还有稀饭都端上了桌。这又不是彼得堡，没什么话好说，总比饿着肚子上床好过。

三个乡下人画过了十字，坐得舒舒服服准备开始吃喝。他们当中有一个头脑更灵活，他看出这些食物三个人吃实在不多，眉头一皱，想了个主意(这场合只能智取，不可力夺)。

“伙计们，”他开口说，“你们知道福马么？这一回征兵他上了花名册。”

“征兵干什么?”

“是这么回事，有消息说——最近要攻打中国。咱们的沙皇想让中国进贡茶叶。”

那两个听了便开始议论，仗该怎么打，谁担任指挥官合适，(偏巧他们俩都认字，能读报纸，甚至还看过战事消息。)两个汉子越说越兴奋，不停地猜测、推断、争论；这正好符合了滑头的心愿，趁他的伙伴争执不断，他一声不吭，把菜汤、面包、稀饭，吃了个干干净净。

有些人最喜欢高谈阔论，尽管谈的事与他毫不相干，比如印度发生了什么事件，什么时候，什么根源，他都一清二楚了如指掌；可是你瞧，就在眼皮底下，一座村庄已被大火烧光。

农夫和蛇

一位农夫看好了毒蛇的聪明机灵，还有它动作的流畅优雅，于是农夫就和蛇交上了朋友，两个人还郑重地跪在山下，对天发誓，一定要对对方忠诚不贰。

作为农夫的朋友，毒蛇经常出入农夫的农家小院，来拜访农夫的一些朋友，看到毒蛇，都吓得脸色苍白，匆匆逃走了，从此再也不登农夫家的门槛了。

农夫觉得奇怪就找到他们，要问个明白，“你们说，你们为什么都不再理我，也不再来我家做客，是我那婆娘对你们礼仪不周到，还是她做的饭菜口味不好，难以下咽，不称你们的心？”

“都不是。”农夫亲家的一席话解开了农夫的疑团。原来，他的朋友和亲戚们本来都十分喜欢到农夫家里去做客，农夫的婆娘对他们也殷勤周到，饭菜也鲜香可口，他们之所以不再到农夫家里去是因为那里有一条毒蛇，他们不愿意在和老朋友闲聊的时候，却还费神提防着一个邪恶的家伙。如果一不留神，被那爬行的家伙咬上一口，一命归西就太冤枉了，正是出于这种考虑，那些亲戚、朋友才忍痛和农夫断了交。

如今，农夫只剩下了毒蛇这一个朋友了。

鹰和田鼠

一只雄鹰和一只雌鹰从遥远的地方来到一处茂密的森林中。它们要在这里度过一生，于是就挑选了一棵高大茂盛的橡树，在树的顶端开始动手修筑鹰巢，打算赶到夏天在这儿孵出小鹰。

一只田鼠听到了这个消息，壮着胆子来劝告雄鹰："在这棵树上修筑巢穴是绝对不可以的，它的树根几乎都烂掉了，随时都有倒掉的可能。赶快停下来，别干了。"

可是鹰怎会听得进去田鼠的建议呢？田鼠一直以鼠目寸光而闻名，而鹰则是鸟中之王，有一双明亮而锐利的眼睛，田鼠怎么能配得上来管鹰的事情呢？于是雄鹰说："嘿，这可真是怪事！老鹰需要借助田鼠的见识！躲在洞里的田鼠的见识难道能超过鹰吗？"

雄鹰对田鼠的忠告根本就不想听，筑巢工作在不断地加快，不久老鹰的一个新家就诞生了。雌鹰很快孵出了小鹰，新的家庭表面看来一切都是那么的美满安宁。

可是在一天早晨，雄鹰带着猎取的丰盛的早餐从外边飞回来时，它看到的却是一幅惨状——橡树已经倒掉了，雌鹰和它们的子女都被活活地压死了。

雄鹰痛苦万分，哭道："我是多么的不幸啊！这都怪我高傲自大，没有听取田鼠兄弟的忠告，否则就不会发生这样的悲剧了呀！可是谁又能料到它的警告竟然是这么的准确啊！"

呆在洞穴里的田鼠也正在为老鹰一家的惨剧而感到惋惜，听到雄鹰的这些话，感叹地对雄鹰说："雄鹰呀！倘若当时你能平等待人，认真地听一听我所说的话，你就会想到我几乎每天都在地底下挖洞穿行，我经常和树根靠得十分近，我对于橡树的健康状况的了解毫无疑问地胜过任何人。而你虽然眼睛特别敏锐，但毕竟天天飞在天空中，对橡树下边根的状况根本就看不到，所以也就无法知道橡树的健康情况了！"

雄鹰听了田鼠的这一番话，放声大哭，后悔得要死。

一只猪

一只猪听说富人家满地都是金银珠宝，就找了一个机会溜进了财主家的后院，想看个究竟。

财主家的后院好大好大，有洗碗池，有马厩，有粪堆，还有污水坑等等，可以说应有尽有。可是猪呢，它什么都不懂，觉得也没有什么好玩的，就勉强在洗碗池里喝了点水，感到这水也不怎么样，还没有在外边池塘里喝的水干净呢。

猪在心里直犯嘀咕："难道富人的家里都喝这样的水吗？真是太不可思议了。"于是猪的心中更不乐意了，它继续向前走，来到了马厩旁。猪一闻，又骚又臭。猪在那里躺了一会儿，实在感受不到有什么特别的地方，就站了起来，心中说："富人家也不过如此，实在是很一般。"

猪抬头一看，正瞧见在马厩边不远处有一个大粪堆，猪想：这可能就是富人们吃的东西了，让我瞧一瞧是什么美味佳肴。它走到粪堆前狠狠地拱了一口。唉，真是臭死了，简直难以下咽。猪开始对富人家的生活不抱什么希望了，于是就决定从富人家出来，不要在这里呆下去了。

刚刚跑出财主家的后门正遇见了羊妹妹的主人——牧羊童。牧羊童问道："喂，猪，你刚从富人家的院子里出来，在里面你都看到了些什么？听说富人家里到处是珍珠玛瑙，金银财宝多得数都数不清，宝贝一件赛一件，摆得满屋子都是。是这样吗？猪儿？"

"算了吧，他们纯粹是胡说八道。"猪气哼哼地叫道，"哪里有什么金银财宝，一样好东西都没有，只有垃圾、大粪和臭水。而且毫不客气地说，我用我的鼻子拱遍了整个后院，一件像样儿的东西都没有。"

可是猪怎么也想不到它去的只是财主家的后院。

骑　士

古时候，有一位年轻的骑士，他一心一意地想寻求奇遇，创造奇迹。他梦想着与鬼魂神魔大战一场，也梦想着与巫术法师硬拼一场。

这一天，他身上穿上了作战用的铠甲，脚上踏上了作战用的战靴，跨上战刀，拿好盾牌，佩戴齐整后，让仆人牵来了战马，他想要跨上战马，去开始他的伟大的战斗。临上马前，他郑重地叮嘱他的战马说："听着，我神勇的、忠诚的坐骑，你就要按照一个伟大骑士的意志，去田野、森林、山地或者草原了。记住：你想到哪里，咱们就到哪里，所有的山林原野，任由你驰骋，你将带着你的光荣而神圣的伟大骑士——我，去找寻通往幸福的道路，去探索充满了荣誉的殿堂！我们将要去平息山民的叛乱；将要去解救中国落难的公主，并博取她的芳心，与她完婚；我们还要去统一分裂的国家，把它们都归在我的领导之下，我要做几个国家的皇帝。啊，亲爱的朋友，勇敢的朋友，到时候，我不会忘记你的丰功伟绩，我会让你和我同享荣华富贵；到时候，我还会给你修建一座最富丽的马厩，我还要分给你一片最美丽的草场；到时候，我还会给你蜂蜜做成的饮料，让你吃大麦做成的干粮。——哦，虽然现在你连大麦都吃不饱，不过，到时候什么都会有的，大麦会有的，面包会有的，甚至牛奶也会有的。"说着，神情激昂的骑士扬鞭上马，但是当他刚一松开缰绳，那匹年幼的战马就欢快地向着马厩径直而去。

农民和绵羊

农民向法庭告了绵羊，可怜的绵羊被指控偷了东西。法官是一只狐狸，这案子闹得满城风雨。

狐狸审了被告又问原告，命他们逐条招供不许吵闹，要说清来龙去脉，拿出真凭实据来。农民说："一天清早，我一数少了两只鸡，鸡毛、鸡骨头撒满地，当时只有绵羊在院里。"绵羊申辩说它通宵在睡觉，找证人最好去问街坊邻居，人们从未见过它偷窃诈骗，再说它根本不吃肉食。

现在狐狸宣判了，请听它判决的词句："绵羊的辩解毫无道理，因为一切小偷和骗子，显然都擅长消赃灭迹。根据察访不难看出，绵羊在出事的那天夜里，一直没有离开过鸡。而鸡肉是鲜美可口的！时机对绵羊也相当便利，所以我出于良心推断：绵羊能克抑自己不吃鸡，从情理上说不过去。"裁决结果，绵羊被处以绞刑，羊肉献给法庭，原告得了羊皮。

老鹰和鸡

有一只老鹰一直飞在天空中，飞得太累了，老鹰想离开天空到下面去歇一下。

不知怎么回事儿，老鹰把自己的休息地点竟然选在了又低又矮的鸡棚上面。这实在是一个不明智的选择，去别的什么地方不比这里强啊。这里又低又矮不说，还十分的骚臭，那气味简直难闻得要死。但作为鸟中之王的老鹰绝对不会是傻子，它肯定有自己的想法。要么是附近没有别的合适地方可以歇脚，全都是水，连一块陆地都难找，更不用说什么橡树和花岗岩石。也有可能老鹰是想给鸡棚增光，就像皇帝御驾亲征一样，鸟中之王能来到鸡棚，这无疑是对这些鸡最高的抬爱呀！

但这却被一只正在自己家里抱窝的母鸡看见了，这只自认为聪明的母鸡发话了，它对自己的亲家母说道："亲爱的亲家母，你看见了吗？老鹰正在鸡棚上面飞来飞去。老实说，它凭什么受人尊敬，还是鸟中之王？不就是大家以为它的飞翔本领高超，是一流的吗？你看一看，现在它在鸡棚上飞来飞去，我要是愿意，也能办到，这没有什么了不起的。今后我们都别傻里傻气地把鹰还看作是鸟中之王，身份比我们高得多。它的眼睛并不比我们多，一样也和我们长的是两只脚。而现在它飞的都和我们一般高，难道它还有别的什么值得尊崇的地方吗？我看是不见得，恐怕别的地方也都和我们一样。"

母鸡不断地在那里发出自己的感叹，老鹰本来只想休息一下并给这些鸡一个荣耀，今后这些可以帮它们大忙的。可母鸡一直说个没完，老鹰实在是不耐烦了，说道："你讲的一点儿都没错，但很不全面，老鹰有时的确不如鸡飞的高，比如现在我就和你们一样都处于同一高度。可是你别忘了，我是刚从空中下来的，我有时可以没有你飞的高，但你永远也不会飞上空中的。"

母鸡听到这里，再也不言语了。

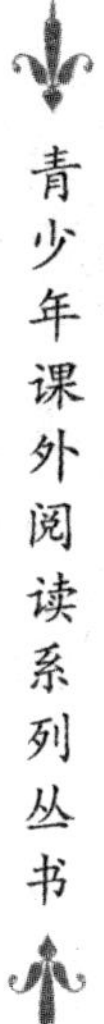

猎　　人

猎人打算去山上打猎，他扛上猎枪，背起背包，装上弹盒，带上跟随了他多年的老朋友——猎狗，就出发了。

有人看见猎人没有在枪里装上子弹，就好心地劝他把子弹先装上，免得用的时候耽误事。猎人一听，就恼火了，他凶巴巴地对着那个好心的人嚷道:“闭上你的臭嘴巴！这条路,我都走过五六回了,每次在路上连一只小麻雀都没有见到,而且大概要整整一个多小时才能到达目的地,在路上,多少子弹我装不了哇。况且,我在家里装子弹不就耽误了我上路的时间了吗?”好心人被说得无言以对,只得悻悻地走开了。

命运女神好像故意捉弄猎人似的,猎人刚出村口,就发现一大群野鸭在湖面上饮水嬉戏,猎人下意识地拿起猎枪,扣动扳机。枪声过后,一只也没有打中,这时,猎人才想起来,枪膛里根本没有子弹！他连忙打开弹盒,拿出子弹,上到枪膛里,一切工作都做完了的时候,猎人发现:那群野鸭正好飞了起来,本来它们就对枪声很敏感,听到响动怎么会坐以待毙呢?野鸭子一起飞起来,一会儿工夫就消失在树林里了。猎人拿着枪,呆呆地看野鸭群飞走了,他一点办法都没有。本来,他可以一枪打下那么五六只呢！他是远近闻名的神枪手,打下五六只野鸭对他来说易如反掌。可如今,他已经没有机会了,他错过了足够吃一周的美味了。不过,事已至此,他也只好继续往前走。

猎人走了好久,终于到达了老树林。不幸的是,那天他整整在老树林转了好几圈,却连个麻雀的影子也没见着,而且,更倒霉的事还在后面:傍晚的时候,天又下起雨来,猎人累极了,他吃光了口袋里的干粮,喝干了水壶里的水,已经没有了回家的力气,他只好在老树林里过夜。夜里很冷,而猎人带的火药和子弹都被雨水淋湿了,猎人在老树林里狼狈地过了一夜。第二天他灰溜溜地回家去了。他并不责怪自己,反而对人抱怨说天气太坏,他的运气也太坏,要不然,他一定会满载而归的。

不听劝告的小鱼

在一条不知名的小河里，生长着许多许多的鱼，那些热爱钓鱼的老人们听说以后，每天就早早地来到河边，他们想钓很多鱼儿呢。

有一只小鱼，它生来就天不怕，地不怕。它很小的时候，就常一个人在靠近陡峭河岸的岸边独自玩耍，有时候还故意围着钓鱼人的钓钩转来转去，而当钓鱼人把鱼竿提起来的那一瞬间，它就机灵地跑掉了，许多次都是这样。钓鱼的人都气坏了，他们破口大骂，发誓一定要把这只调皮的小鱼钓上来。

另一只年龄大点的小鱼儿游过来，劝告这只调皮的小鱼儿说："听我的，小妹妹，你别再这样胡闹了，太危险，这样能有什么好处呢？这里的水域宽得很，你干嘛非要绕着鱼钩来回打转呢？你不是不知道：离鱼钩越近，就意味着离灾难和死亡越近，你干嘛去冒那个险呢？再说，或许你今天得手了，明天你又成功地溜掉了，但是后天呢？大后天呢？你总不会运气老这么好吧？你不如到安全点的地方去玩耍。如果你愿意去的话，我可以陪你一起去。"

"不去，不去，"小鱼儿捂着耳朵，扭动着尾巴，不满地对年龄大一些的小鱼儿说，"这样多刺激，多好玩呀！要知道，我有眼睛，而且视力很好，我能发现危险。你看，渔夫尽管诡计多端，到头来不还是被我得手了，你如果害怕那鱼钩，你就走好了，我可不走，我喜欢那鱼钩上的蚯蚓，我要得到这可口的美味。"

这时，一个钓鱼的老人甩下三个鱼钩，上面都挂着新鲜的小蚯蚓，小鱼儿顾不得再说什么，就箭一样地冲了过去，它灵巧地咬掉了第一个鱼钩上的蚯蚓，又吃掉了第二个鱼钩上的蚯蚓，它有些轻飘飘起来，它觉得自己真是一只伟大的小鱼儿，伟大而富有智慧。它又游向第三个鱼钩，由于前两次都没有什么危险，这一次它放松了警惕，然而就在它刚吞下第三只鱼饵蚯蚓的时候，猛然感觉到上腭一阵剧痛，接着被一股力拉着，拉出了

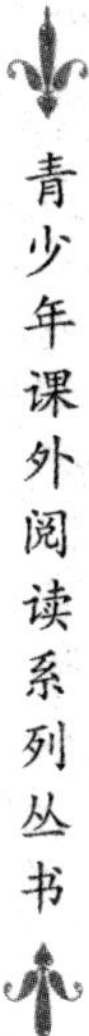

水面,它明白自己被钩住了,它挣扎着想摆脱鱼钩,然而,怎么可能,钓鱼人兴冲冲地把它从钩上放下来,扔到了鱼篓里。这个时候,小鱼儿后悔了,但一切都已经为时太晚了。

袋　子

马路边有一条空袋子,后来被一个富人的佣人捡了回去。佣人把袋子洗了洗用来擦自己脚上的泥浆。可谁又能知道这家的主人近来得到一笔钱,而且这些钱是不可以让别人知道的,因为它们来路不正,没办法只好自己把这些钱藏起来。主人看到了佣人们用的口袋,于是就把这笔钱装到了口袋里。刚好钱把整个口袋装满。然后主人又把这袋子钱锁进了铁箱子里面。以防被人偷走。

但这家主人是个十分爱夸耀的人,有了这笔钱他常常把它拿给别人看,不久弄得全城人没有不知道的。由于袋子里面装满了钱,所以来的人们都会对袋子夸耀一番,有的还坐到它的旁边把落到袋子上面的灰尘给掸一掸。看到人们对自己如此地看重,袋子有些飘飘然了,变得自命不凡。它开始发表自己的高论了,其实它说的话都非常荒唐,它对什么都妄加评论,什么事情都要管一管。“你们看,就是那个人,看起来表面非常诚实的人,其实他是个骗子,一定是,我是会相面的。”事实上那人是一个地道的老实人。“你们不听我的劝告,那样做下去是不会有什么好下场的,不信走着瞧。”的确人们没有听袋子的劝告,但照原样做下去,反而是正确的。

袋子所发表的言论全都是一些胡言乱语,可是这些人看着装满钱的袋子,大家都好像是在全神贯注地在听它说话,而且都还假装惊奇,并表示同意袋子的看法,这一切都是因为袋子里面有钱的缘故。可是有一天袋子里面的钱的真正主人来到这里，认出了这笔钱，并把这笔钱全都从袋子里倒出来拿走了。

袋子又重新空了起来，然而就从它开始空起来的那一刻再也没有人对它进行夸赞了，所有人对它发表的评论也不屑一顾了。渐渐地袋子再次被人们遗忘了。

长尾猴和眼镜

很久以前，有一只猴子，尾巴长长的，人们都叫它长尾猴。当它老的时候，视力越来越差，看东西都慢慢地看不清楚了。长尾猴很着急，不断地向人们打听如何才能使视力不再衰退，看清楚自己想看的东西。终于它从人们那里探听到，视力衰退并不是什么大问题，只要弄到一副眼镜，所有问题都解决了。

长尾猴听了非常高兴，于是决定开始搜集眼镜。它想尽各种办法，终于弄到了五六副眼镜。长尾猴开始把这些眼镜翻来覆去地摆弄。一会儿它把这些眼镜一个接一个地戴到头顶上，找来一本书看，可书上的字还是看不清楚。长尾猴想：“戴在头上这些眼镜不管用，可能是没戴对地方，也可能是眼镜不管用。”

一会儿长尾猴又把这些眼镜套在尾巴上，眼镜在尾巴上晃来晃去，它认为这回戴对了，可拿起书来一看，书上的字仍然是一片模糊。长尾猴开始有些生气了，它想，是不是人们骗了它。

于是长尾猴把这些眼镜一个又一个地闻了闻，什么气味都没有，又统统舔了一遍，又没有任何味道。

“见鬼去吧！”长尾猴怒气冲冲地说道，“傻子才会相信人类的鬼话，这些眼镜一丁点儿用处也没有，他们向我吹得那么神乎，都是骗子在欺骗我。”

暴怒的长尾猴说完这些话，一把抓起这些眼镜朝地上的石头摔下去了，结果只剩下了一堆闪闪发亮的碎玻璃和几个摔坏的眼镜架。

蜜蜂与苍蝇

两只苍蝇在垃圾箱边一起长大，又一同被驱逐，因为环卫工人把垃圾箱抬走了，据说这里要建一座公园。

两只苍蝇又飞到人的家里，但是在那里它们根本接触不到它们喜爱的甜食。人类是每天做许多好吃的，但那些美味的饭菜都被人用玻璃罩住了，它们甚至连一点香味都闻不到。后来，它们又飞往乡下，准备在农村寻找舒适的生活和可口的食品。然而，即使在那只有茅草屋的农村，它们也没有找到幸福，因为那里有数不清的大蜘蛛，结了密密的网，时刻都可能把它们抓住，当作丰盛的晚餐，所以除了饥饿，那里还有丧失生命的危险。两只苍蝇再也呆不下去了，于是就商量着一起去外国，因为它们以前曾听一只鹦鹉说过：在遥远的山的那边，是另外一个国家，那里讲究民主和人权，是热爱自由和民主的人们的天堂。两只苍蝇想：在那里它们一定会得到最公平的待遇，一定会自由自在地生活，于是就决定要去那里定居。

一只蜜蜂看见了，就主动跟它们打招呼：“苍蝇老弟，好长时间不见了，你们还好吗？瞧你们这副全副武装的样子，要出远门啊！”

“噢，是蜜蜂老兄啊，”一只苍蝇抢先回答说，“我们要去国外了，你和我们一同去吧，国内太难混了。”

“是啊，蜜蜂老兄，你跟我们一块儿去吧，听说那里可美丽呢！就像天堂一样。”另一只苍蝇附和道。

“哦，我就不去了。”蜜蜂拒绝了苍蝇的邀请，接着说，“苍蝇老弟，你们去吧，我在国内生活得很好，我采蜜酿蜜，帮花朵传粉，而且我酿的蜜受到人们普遍的欢迎。我在这里生活得很好，你们去国外也好。不过，我劝你们，如果对人们无益，你走到哪里都是一样，不会受到人们的尊敬和爱护的。我想，如果不做些改变，恐怕到了国外，欢迎你们的也只有危险和灾难吧！”

农夫和强盗

从前一位农夫经过自己辛苦的劳动，好不容易攒了些钱。于是他就从别人手中买来了一间小木屋，打算在这里从事生活和劳动。

有一天，他到集市上去，想买一头母牛回家来挤牛奶，这样的话，他的日子就好过一些。在市场上，他与卖牛的人讨价还价了好久，弄得卖牛的人很不耐烦，于是卖牛的人把自己的牛奶桶也免费送给了这个农夫。

农夫很高兴，他牵着自己从市场上刚刚买回的奶牛，提着卖牛人送给他的牛奶桶，沿着乡村的小路向家走。途中农夫经过一片树林，这片树林长得又浓又密。

走着，走着，突然，从树林中冲出一个蒙面强盗，手拿亮闪闪的尖刀，恶狠狠地说道：“把牛留下。”农夫一看，立刻就吓呆了。强盗趁此机会把农夫抢了个精光，不但把奶牛牵走了，就连卖牛人送给农夫的挤奶桶也被拿走了。

直到这时农夫才反应过来，他哭着喊道：“老天哪！你开开恩吧，你把我抢了个精光，我以后可怎么活呀，我为了买这头母牛，整整一年我一天都没有休息，不停地劳动，才攒够钱。现在我什么都没有了，可真是没法活了，还不如去死了的好！”

农夫一个劲地大哭不止。强盗实在是受不了了，就说道："得了，得了！你不要再哭了，我真是受不了你了，算我倒霉！我把牛奶桶还给你总行了吧？毕竟挤牛奶，我也不在行，不是我的行当。"

农夫一听，一下子就又被蒙住了，傻傻地站在那里，一动也不动，眼睁睁地看着强盗把奶牛牵走了。

狮子的培养

有一只狮子得了一个儿子，儿子还不到一周岁就已经强壮起来，脱离了襁褓，可以独立生活了。这时候老狮子就开始认真思考了：我是百兽之王，决不能让我的儿子变得愚昧无知，一定要让它变得比我更加聪明才行。日后它是要继承我的王位的，只有聪明加上勇猛才能胜任国王这个称号。因此一定要把我的儿子教育好，要让它一登上王位就显得与众不同，到那时所有的臣民们都会为我教子有方而拍手叫好。

可是究竟让谁来教育可爱的王子呢？老狮子拿不定主意。交给狐狸吧，说起来狐狸的确比较聪明，但是又喜欢撒谎。

把小王子交给田鼠怎么样呢？老狮子又在考虑新的人选。听说田鼠干什么都喜欢井井有条，要是那样的话，的确是很不错的了。但也有人说它胆子特别小，它所吃的每一粒小谷子，它都亲自把它洗干净，把谷皮去掉，这样的动物专和小事打交道，办不了大事。而王子就是以后的国王，国家大事那么多，怎么能天天跟小事打交道呢？

那么可不可以把王子交给雪豹呢？雪豹力气倒是十分的大，又很勇猛。另外，它征战的策略也十分高超，但有一点，那就是它一点儿也不懂得民事民法，干事总是太过于鲁莽。要是把王子交给雪豹，它究竟能教给王子多少有用的东西呢？

正在狮子觉得毫无办法的时候，跟狮子交情颇深的鸟中之王——老鹰听说了狮子的忧伤。作为狮子的朋友，老鹰决定替狮子来分忧，亲自来培养小王子。老狮子感到无比的轻松，就像肩上卸下了一座大山一样，由一位鸟王来教育兽类王国里的未来国王如何做好国王，再也没有比这样的人选更合适的了。

老狮子给小狮举行了盛大的欢送仪式，为它准备好了行装，打发它前去向老鹰学习。日子过得飞快，一年、两年过去了，在这期间你不管向谁来打听，传来的全都是一片赞扬。

尤其是百鸟，出于对兽类的友谊，详细地向兽类王国的成员多次介绍它们的小王子的学习状况，不断地夸耀着它们的小王子。

最后，小王子的学业终于完成了，老狮子派狐狸把太子接到自己的身边。老狮子一看到自己的儿子回来了，高兴万分，把所有的臣民都召集到跟前，它亲热地搂住自己的儿子又吻又舔，对儿子说："我亲爱的儿子，你终于学成回来了，你看我都已经老了，而你正是风华少年，我想将整个国家交给你来治理。不知道你愿意不愿意，如果你愿意就请当着大家的面讲一讲你都学到了什么？让大家看一下你的知识是否很渊博？让大家听一听你想如何实现使百姓得到幸福的愿望？"

"亲爱的父王，"小王子回答道，"我可以告诉大家，我所知道的东西，在座的各位没有任何一个人知道。"

老狮子和它的臣民听到这里感到十分的高兴，觉得它们未来的国王在外面学艺的确没有白学。

可是王子继续讲道："百鸟的生活习惯我全都一清二楚，从兀鹰到黄雀，它们哪一个住在哪里，是吃虫子还是吃嫩草，什么时候产卵换毛，小到芝麻大的事，我都记得牢靠。你们瞧，这就是老师给我的毕业证书，众鸟说我可以捉到天上的星星，它们当中没有一个不赞扬我的本领的高超。我马上带领众兽去修窝筑巢。"

狮子和众兽都为之深深地叹息，大臣们也都大失所望。老狮子终于后悔莫及，这才知道小狮子学的只是一些雕虫小技，说的话也文不对题。小狮子出去本来应该学的是如何治理兽类王国，而现在学一些这种东西回来，又有什么好处呢？对于帝王来讲最重要的学问便是了解自己的臣民，了解它们的习性，以便来管理好整个国家，替整个国家谋福利。

“是我做错了。”老狮子不得不承认。

狼和小羊

有一年夏天，气温实在是太高了，空气又很干燥，小山羊渴的受不了，来到小溪边喝水。唉！也真够倒霉的，刚来到小溪边还没有喝到水呢，就迎面遇见了大灰狼。大灰狼正饿得半死，抬头一看也瞧见了小山羊，一时间恨不能立刻扑到它身上，把小山羊一口口地吞掉。但转念一想：不行，近来大家都要搞文明活动，我一定也要把事情做得冠冕堂皇些。

于是大灰狼吼道：“你这个坏家伙，这小溪的水是大家都要喝的，你怎么敢用你的脏嘴，把沙子和淤泥都搅起来。弄浑了水，大家以后去哪儿喝水，难道你要大家都渴死吗？你真是太可恶了，我要为整个动物界除害，把你的脑袋给拧下来，看你以后还敢不敢再做坏事了！”

“大灰狼先生，你千万别生气，容我把事情解释清楚。”小山羊急忙答道，“我今天也饿得不得了，刚找到一点野草吃了个半饱，赶来喝几口水。再说了，我是在你的下边喝水，水是从你的方向流过来的，我处于下游，不可能把你要喝的水弄浑，你可千万别生气！”

“不是你把水弄浑，难道是我？是我把水搅浑？是我在这儿胡说八道吗？”大灰狼气愤地叫道。“你这个坏东西，谁能像你这么无礼！对了，我差点儿都给忘记了，前年夏天，也就还是在这里，你曾经对我又叫又骂，我还没跟你算账呢，你说怎么办吧？”

可怜的小山羊，这时候想跑也实在是跑不开了，只好说：“狼先生，不会的，那时我还没有出生，怎么我会骂你呢？你一定是搞错了！”

“不是你，那就是你兄弟，你兄弟也不是什么好人，经常背后说人坏话。”大灰狼又叫道。

“对不起，狼先生，我也没有兄弟呀，我们家除了爸爸、妈妈外就只有我一个人啦。”小山羊还在辩解。

“不是你，也不是你兄弟，哦，那是谁，让我想一想。要么就是你的亲家或亲家母，总之，肯定是你的亲属。还有你们的狗，还有牧羊人，都不是什么好东西，全都对我没安好心，一有机会总想谋害我的性命。反正，你们都是一家人，今天他们欠下的债都由你来偿还，我不管别的，我唯你是问。”大灰狼着急了，大声吼道。

“唉，我究竟有什么罪呀！有什么对不起你的地方呀！我真的不知道呀！”小山羊急得要哭了。

“住嘴，不要再说了！你烦不烦人呐！我实话告诉你，我不想再听你的辩解了，那也没有什么用，你的罪行就在于我想把你吃掉！”大灰狼终于露出了凶恶的面目。

说完，大灰狼冲上去，一把抓住小山羊，把它推进了阴森森的树林中。

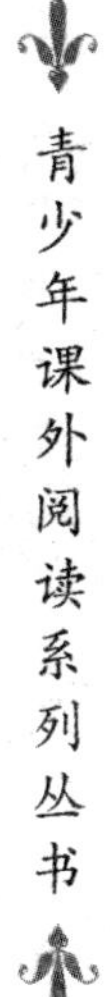

菜狗和哈巴狗

一只小菜狗和一只哈巴狗共同为主人看守院子，他们经常同时挨饿，又同地挨打。逐渐地，它们建立了深厚的友情。

小哈巴狗有一手漂亮的绝活，那就是用后腿直立，然后两条前爪并在一起，就仿佛人类正在作揖，挨饿或者挨打的时候，哈巴狗就会拿出它的绝活，为小菜狗逗乐。有一天，两人又莫名其妙地挨了一顿打骂，小哈巴狗又用后腿直立，作揖，还笨拙地往前走了几步，那可笑的样子不仅逗乐了小菜狗，而且引起了主人的注意，他对小哈巴狗的这项绝技很是喜爱，于是就不再让它守院子，而是把它抱到了自己的大房子里。它得到了主人特别的宠爱和仆人最精心的照料，小哈巴狗的身体迅速发育起来，它越来越漂亮了。

有一次，它出门晒太阳，遇上了小菜狗，小菜狗诉苦道："我还是老样子，干的还是看守庭院的老行当，常常忍饥挨饿，吃了上顿没有下顿，还经常挨打受骂。而且你看，我的住宿条件更差了，我常常半夜里被冻得醒过来，有时候，我也是仍睡在篱笆墙外面看守家院，好几次都被雨水淋得像落汤鸡一样。我可不像你那样，享有主人的欢心，有一次我叫得不合时宜，还被主人狠狠踹了一脚，小哈巴狗，你怎么样？你一定比我好，瞧你的精神就知道你一定很好，你平时都干些什么？我可想你了。"

"我干什么？"小哈巴狗懒洋洋地回答，"我只是在主人高兴或者有客人来的时候给它们表演一下用后腿直立行走，讨他们欢心，这就是我的全部工作。"

池塘与河流

池塘对附近的河流说道："不论什么时候向你张望，你总是不停地流淌，好姐姐，难道你不累得慌？再说，我几乎天天看见，你载负着沉重的轮船，还有连成串的木排，更不用说独木舟与小船：来来往往，数也数不完。什么时候你能抛弃这样的生活？换了我，定会无比厌烦。和你相比，我的命运好得多！当然，我并不显赫，在地图上不能穿过整整一页，也没有弹唱诗人赞美我。可名声再大也是空的！看我的岸边有细软的淤泥，我就像躺在羽绒床上的小姐，温馨安适，怡然自得。我从来不受轮船、木筏的惊扰，甚至没有舢板在我这里停泊；更多的时候是微风吹来，水面上飘洒落叶。哪里去找这么安逸的生活？风从四面八方吹来，我一动不动，透过梦境，观察忙碌喧嚣的、充满哲理的世界。”

“既然提到哲理，你可懂得规律?”河流回答池塘说，“水只有流动才能保持鲜活！正因为我抛弃了安逸，遵循这一规律，我才成了一条浩浩荡荡的大河。因此我年年岁岁，水量丰沛，水质清洁，由于为人们带来好处，我赢得了荣誉，人们赞美我。大概我还会流淌几个世纪，而你，用不了多久，就会被人们忘却。”

这些话已经应验：大河至今流淌；而可怜的池塘逐年淤积，长满了水藻和水草，最终变得完全干涸。对社会无益的才华，会逐日枯萎，最终凋谢；一个人一旦沉溺于懒惰，他的能力就很难再振作。

雄鹰和蜘蛛

雄鹰是鸟类之王，在鸟类当中自然也就飞得最高。

有一次，雄鹰穿越云层，一直飞到高加索山顶，在那里它歇了歇自己的翅膀，停在一棵百年的松树上，放眼欣赏辽阔大地上的风光。在那里它看到了，草原上弯曲的河流伸向四面八方，树木和牧场全都披上了春天的艳装。远处，波涛汹涌的黑海，黑乎乎的像乌鸦的翅膀。

雄鹰看到这一切，禁不住向上帝夸赞：“上帝啊，你的功德真是无量！你主宰着上天和大地，使我有本领在天空中自由飞翔，什么样的高峰都不能把我阻挡。你瞧，你能使我站在这山顶上向远处眺望，那广阔天地间的任何美景都由我来欣赏。”

一只蜘蛛在树枝上接口说道：“伙计，我看你真会吹牛，难道你不知道我早就在你的头顶上吗？要比你高得多。”

雄鹰抬头一看，一点儿都没错，蜘蛛正在它的头顶上结网呢！你看它正在不停地忙碌着，在细细的树枝间不断往返奔跑，好像一定要结出一张大大的网，这网能够把雄鹰上面的太阳全都给遮住。“你怎么会爬到了这么高的地方？”雄鹰惊奇地向蜘蛛发问道。“绝大多数鸟儿即便有坚强的翅膀，也不都是敢飞到这样高的地方来的。你力气那么小，又没有翅膀，是怎么到这里来的，难道完全是靠你的几只爪子爬到这里来的吗？”

“不，我可没有你说的那么大勇气。”蜘蛛不得不承认道。

“可是你到底是怎么到这里来的，你没有很大的力气，又没有那么大的勇气？”雄鹰越发奇怪了。

“我没有别的本事，全靠攀附在你的身上，早在下面趁你不注意的时候我就悄悄地爬到了你的尾巴上，你就把我带到了空中翱翔，最后把我带到了这棵松树上。”蜘蛛非常得意地说，“你看现在我不但比你高，而且已经在这里开始结网了，不久以后我将织成一张大大的网，这张网可以遮住所有的阳光、雷雨和狂风，现在我已经不需要你的帮助了，以后也不再需要，而且你得要我帮忙。亲爱的朋友，我奉劝你一句，以后千万不要在我面前夸口逞强，要知道我是十分厉害的呀……”

蜘蛛似乎要没完没了地吹牛下去，这时突然有一阵狂风打断了它的话。就那么一下，蜘蛛就像一片从天上降下来的雪花，被吹到了高山的脚下，不但重新回到了它原来的高度上，而且还是一只死蜘蛛，被摔死以后再也活不过来了。

一 个 木 桶

有人向自己的朋友借个木桶用三天，朋友间互相帮助——理所当然！如果事关金钱，话得另谈，那时可能遭到拒绝，把友情暂搁一边；但是借个木桶，又有何难？

木桶用后归还，里面又开始装水，一切都好，糟糕的只有一点：桶借去

是为了装酒，酒在桶里泡了整整两天，桶里的酒味四处扩散。克瓦斯冷饮和啤酒放在桶里会变味，食物放在桶里会变酸。

主人为它忙活了将近一年：又是晒，又是晾，但是不论桶里盛点什么东西。都会有酒味沾染，最后只得把这个木桶扔在一边。希望做父亲的千万不要忘记这个寓言：少年时代只要有一次沾染上坏的习惯，今后不论你嘴上怎样说，在你的行为和举动中总会有所表现。

蜂房看守官——熊的故事

漫长的寒冷的冬天过去了。春姑娘又一次光临大地，带来了鸟语花香和明媚阳光，森林王国里到处一片欢腾的景象。

一天，狮王召集众兽开会，讨论今年蜂房的看守问题，众兽纷纷毛遂自荐，不料却惨遭拒绝，一个个败下阵来，唯独爱偷吃蜂蜜的黑熊得到了这个美差。这事的确有点荒唐可笑，但狮王考虑的却是：黑熊是喜欢偷吃蜂蜜，但那是老账，不宜再去翻，那会让人难为情的。如果让别的野兽去看守蜂房，黑熊可能还会去偷吃，但如果让黑熊自己做看守官，或许会激发起他的责任心而改变了偷吃蜂蜜的坏毛病也说不定，人都是有责任心和虚荣心的，狮子想：今天我先满足一下他的虚荣心，看他做了看守官，怎么好意思再去偷吃蜂蜜呢?

黑熊日夜守护着蜂房，他觉得能得到这份差使很意外，同时他也非常感激狮王对自己的器重，感激众兽对他的宽容，他暗下决心一定不辜负大家的期望，把工作做好。所以开始几天，他还很守规矩，但是慢慢地，他就有些手痒了，他先是偷偷地舔一下蜂蜜，经不住诱惑，就又吃了一口蜂蜜，这下，他再也克制不住自己了，他把所有的蜂蜜都拖到了自己的洞穴里。

冬天快来的时候事情败露了，众兽知道真相后，气得大叫大嚷，狮王也气得直叹气，拍着桌子说："黑熊到底是黑熊啊，到死也改不了吃蜂蜜的毛病，我真是糊涂啊，当初真不该把蜂房交给他看守，唉！"悔恨之余，狮王召集众兽按规矩成立森林王国临时法庭，对黑熊的罪行进行公开审判。审判的结果是免除黑熊的蜂房看守官职务，并判黑熊四个月的监禁，今年冬天执行，禁闭期间，命令黑熊不得外出游逛。并下达了正式的由狮王和临时法庭签字、盖章的判决书。判决书下达以后，黑熊也没有把它当一回事，因为事先他已经向狮王和其他几位法庭的长官偷偷送去几罐蜂蜜了，而且做蜂房看守期间，他与几个临时法庭的委员处得还不错，所以判决书上并没有要求黑熊把蜂蜜退回。黑熊若无其事地告辞了法官，钻到温暖的洞穴里，舔着沾满蜂蜜的熊掌，等待着温暖春天的来临。

狗的友谊

从前有一户人家养了两条狗，一条是黑狗，一条是黄狗。本来狗的职责是看守大门，给主人报警。可这两条狗每天却只知道吃饱喝足了，躺在窗下晒太阳，而且它们看见有人出入主人家的院子，不叫不咬，表现得彬彬有礼。它们相互之间更是如此，显得十分有教养，每天它们都躺在一起谈天说地，议论世界上的各种新闻，尤其是关于本族的事情。它们每每谈到狗的职责，善与恶都特别有兴趣，至于友谊似乎各自都有说不完的话。可它们也不时为一点小事而争吵打架。

黄狗说："世界上最快乐的事情莫过于终生和自己忠诚可靠的朋友呆在一起，有什么困难就相互帮助，同吃同住，有福同享，有难同当，永不分离。而且坚持保护自己最亲爱朋友的荣誉，为了这份友谊不惜献出自己的生命。另外利用幸福的时光，让自己亲爱的朋友生活得心情舒畅，而且自己的幸福建立在自己朋友幸福的基础之上，在朋友的幸福里找到自己的欢乐，天底下还能有比这个更加快乐的幸福吗？假如我们有这样的友谊，那该多好哇，说不定咱们会忘记时光的流逝，越活越年轻的。”

“是呀！一点都没错，亲爱的黄狗兄弟，”黑狗对黄狗说道，“我感到很难过。你看，咱们两个吃睡都在一起，没有什么分别，可是生活得却一点都不快乐，每一天都要打上几回架。你说这是何苦呢？主人对我们照顾得那么好，不缺吃，不缺喝，不少穿，又不干活，简直生活得太美妙了。而狗自古以来都是友谊的楷模，就连人类都这样看待我们，可现在为什么不像你说的那样了呢？相反，却跟人类之间的关系一样，几乎没什么友谊可言。我真是感到害臊，我们真给族人丢脸哇！”

黄狗激动地说：“来，让我们握一握手吧！今后一定建立良好的友谊，给这些当代人做个表率，怎么样？”

“赞成，太赞成了，我早就有这个想法！”黑狗附和道。

于是这两个新交的要好的朋友既亲吻，又拥抱，那高兴劲儿，不知道怎么说才好。“啊，你是最亲爱的朋友。”一个说道。“嘿，我为有你这样一个朋友而感到骄傲。”另一个叫道。顷刻之间过去的一切不愉快都不存在了，剩下的只有快乐和幸福，因为这是建立在友谊的基础上的。

就在这个时候，突然间从厨房的窗口里扔出来一根骨头，骨头刚好被两条狗都给看见了。两个新交的朋友像闪电般地扑向骨头，友谊完全被抛到了脑后。它们为了争夺这根肉骨头拼命地撕咬斗殴，甚至把身上的狗毛都给一绺绺地扯掉了，咬得浑身血淋淋的。主人怎么劝也劝不开，实在没有办法，端来一盆冷水朝着两条狗身上泼了下去，两条狗才十分不情愿地分开了，而它们刚刚树立的友谊也就像蜡烛一样融化了，不存在了。

牧人与海神

牧人在海滨盖了一间小屋定居下来，这样，他便和海神成了邻居。牧人养了一小群羊，每天起床后，他吃点东西就赶着他的羊群到离海不远的一片草丛中去放牧了。当太阳落山的时候，他又悠闲地赶着他的小羊儿们一起回家去。他的日子过得虽然不能说特别富足，却也不像穷人那样艰辛，牧人就这样日复一日，年复一年地过着简单而快乐的生活。他很满足，他从来不幻想帝王将相们那堆积如山的财富，也不曾受过任何痛苦和挫折，他就在海边幸福地生活着。

有一次，牧人把小羊群赶回家以后，很有兴致地到海边漫步，海风吹得他舒服极了。

突然，一声长长的鸣笛声响起，牧人吓了一跳，定下神来一看：原来是一艘货轮刚从海上归来，它要靠岸了。牧人好奇地凑上前去，结果他看见轮船上装满了财宝，还有贵重的货物，货主让水手们把货物和财宝从船上搬下来，自己却满怀喜悦地站在一边。牧人似乎有了一些惆怅，他觉得自己在海边这么多年牧羊的钱加起来也没有人家出海航行一次赚的多，牧人满怀心事地回家了。

后来，牧人就经常看见一艘艘的货船靠岸，并且都满载着珠宝、财物，还有货主的满腔喜悦。他慢慢地被这种景象吸引住了，他想自己也应该出一次海。于是，他就卖掉了自己的房屋，还有羊群。用得来的钱置办了很多货物，雇了一条船，他就真的出海了。

航行的第一天，就遇到了麻烦，白天天气还好好的，牧人还坐在船头吹着咸咸的海风，喝着自酿的奶茶，眯着眼做着他的发财梦。然而，到夜晚的时候，海上突然起风了，接着下起了暴雨。牧人的灯一次次地被暴雨浇熄了，在伸手不见五指的黑暗中，牧人摸索着找到那大包的货物，然后咬咬牙，狠狠心把它们扔到了海里，因为牧人知道，这么多货物在船上，海上风浪又这么大，用不了多久，巨大的浪头就会把小船拍打个粉碎，扔掉一些货物，自己还好控制小船。但是在狂暴的风浪中，小船最终还是被击毁了，船上的货物全部掉进了茫茫的大海，牧人机智地抱住了一块船板，侥幸地保住了性命。

两天之后，牧人在海边的沙滩上醒来，他明白自己现在什么也没有了，他沮丧地去请求他认识的一个牧羊人，请求收留他，他可以帮助那人放养他的羊群。那个人答应了，牧羊人就留了下来。他又赶着羊群出现在草地里，不过，他放养的是别人的羊群。

牧人很快振作起来，他省吃省穿，拼命工作，慢慢又攒了一笔钱。用这些钱，牧人买了几十只小羊。他就辞别了他打工的那家牧人，独自又来到海边一块水草肥美的地方，放养起自己的羊群来。

这一天，也是风和日丽，海上风平浪静，一只远航的货轮正在靠岸，牧人看到了，就对着大海喊："又来骗人了，海神朋友，你这家伙又来引诱我了，我可不会再上你的当了。你表面上平静得很，等我去了你就会刮起大风，下起大雨，还掀起巨浪。我再也不会上你的当了，别人爱去就去吧，我可不会再去了！随便你再怎么引诱，我也不会再去了。"

真的，牧人再也没有去出过海，他一直生活得很平静，也很幸福。

隐士和熊

从前有个无亲无故的人，隐居在远离城镇的荒郊野岭，每天过着十分孤独的生活。

隐士逐渐地对这种生活感到十分厌倦，简直无法忍受。鸟儿们都不能理解，都劝隐士说："你的生活多好啊！你那儿不是有葱郁的草地和茂密的森林吗？而且还有大山、河流和许多美景吗？这些是别人都享受不到的呀，你怎么埋怨自己生活得不如意呢？"

“你说的一点儿都没错，这些的确都很美丽。不过，假如每天都没有一个人可以和你说话，你难道不会感到寂寞和苦闷？一天，你能忍受得了，时间长了呢？”终于隐士再也无法忍受了，决心要找一个朋友来和自己一起生活。于是隐士走到森林去，可森林里没有什么人，就连动物也没有过多的可供选择。除了熊就是狼，都是些猛兽。好在，这些猛兽根本就没有见到过人类，所以对隐士也并不害怕或凶狠。走着走着，在隐士的面前走来了一只大黑熊，没有办法，隐士只好摘下帽子向这位邻居鞠躬问好。而大黑熊也把爪子伸了过来，拍了拍隐士的肩膀。就这样，隐士和大黑熊一问一答，你来我往，就算是交上了朋友。

说实在的，隐士交得这个朋友还真是不错，他们整天呆在一起，说说笑笑，一会儿都不离开。

自从隐士交上了大黑熊这个朋友，他每天都很快乐。每天隐士都和大黑熊形影不离，一会儿见不到大黑熊，隐士就会感到自己茶饭不思，他对大黑熊五体投地，大加称赞。当然了，大黑熊对隐士也是这样。

有一天，这两位朋友突然间心血来潮，在吃完早饭的时候商议着要到外面走一走。早饭后，它们就决定了要到森林、草地、群山间去游览一下。他们翻山越岭，走了不少的路。人的力气比较小，而熊的力气要大得多，所以当大黑熊一直在前面轻松地大踏步向前走的时候，隐士已经是累得不得了啦。大黑熊回头一看，隐士满头大汗，晃晃悠悠地在后面走着，而自己早已超出了他很远了，于是就向自己的朋友建议道：“亲爱的朋友，你累了吧！不如这样，你躺下休息一下，如果是困了，就睡一觉，反正我们是出去游玩嘛，也没有什么要紧的，不着急。我不累，闲着也没有什么事情可做，就在这儿给你放哨好了，你就大可放心地去睡吧，绝对不会有什么危险的。”

隐士听了大黑熊的话，觉得它的话很有道理，于是就想躺到草地上休息一会儿。也许是的确太累了，或者是昨天晚上没有休息好，隐士躺到草地上打三个哈欠就睡着了。大黑熊于是就十分忠实地守卫在隐士身边，给他放哨。

一只苍蝇趁着隐士睡着的时候飞了过来。它也根本就没有注意到大黑熊，因为它知道，大黑熊虽然很大，很强壮有力，但像狮子一样都不是自己的对手。苍蝇落在了隐士的鼻子上。大黑熊一看，这还了得，便一挥自己又大又厚的手掌把苍蝇给赶走了。苍蝇并没有离去，它只是换了一个地方，停在了隐士的腮帮上了。大黑熊再一次挥起自己的手掌把苍蝇赶跑了。可是苍蝇说什么也不离开，它又重新回到了隐士的鼻子上。就这样没完没了，这可叫大黑熊烦死了，怎么办才好，才能真正彻底的解决问题呢？大黑熊在不停地思考，突然它的脑子中想出了一个办法——决定把苍蝇打死。

大黑熊首先找打苍蝇用的武器，找来找去也没有找到什么好的武器，于是就捧起地上的一块大石头，蹲下了双腿，屏住呼吸看了看。大黑熊心中暗想："你这个坏蛋，我看你还往哪里跑！"当苍蝇再次停到隐士的额角的时候，大黑熊就举起了石头，憋足了力气对着他的头就砸了下去。这下子砸得实在是太准确了，隐士的头盖骨被砸得稀烂，从此以后隐士将永远躺在那里睡大觉，再也起不来和大黑熊做朋友了。

乌鸦和狐狸

人们不知道接受过多少次的忠告，说阿谀奉承的人既卑鄙又有害，但这一切都是徒劳的，因为阿谀奉承总是能在人们的心中找到一个角落。

乌鸦不知道从哪儿弄到了一块奶酪，它嘴里含着奶酪，扑棱棱飞上一棵枞树，准备把这奶酪作为早餐。就该它倒霉，恰好有只狐狸从旁边路过，奶酪的香味突然使狐狸停住了脚步。狐狸看见奶酪，魂魄就被奶酪钩住了。

狡猾的骗子踮着脚走到树下，摇晃着尾巴，紧盯着乌鸦。它细声细气，甜蜜蜜地对乌鸦说："亲爱的，你真漂亮！瞧，多么美丽的脖颈，多么俊俏的眼睛！说真的，你简直和天上的仙女一样！羽毛是何等鲜艳！小嘴是何等玲珑！你的歌喉也一定像天使的一样婉转动听。唱吧，亲爱的小妹妹，不要害羞！你长得这样美丽，如果又是唱歌能手的话，那你一定会成为鸟中的皇后。”

乌鸦听到赞美，头脑开始发蒙，它高兴得气都堵住了喉咙。为了迎合狐狸的阿谀奉承，乌鸦张开嘴巴呱的大叫一声。奶酪掉了下来，于是骗子狐狸便叼起奶酪跑得无影无踪。

怕丢面子的赌徒

有一次我到了个热闹场所，确切地说，是去了一家小酒馆。那地方没什么高尚可言，一群人正围着桌子赌钱。

赌徒们中间有个高个子青年嚷得最欢，他不折不扣是个纨绔子弟，出牌下注最大胆；突然，他输了个精光双手攥空拳。虽然他对天发誓，但没有一个人肯借给他钱。这家伙勃然大怒，脱下了外衣当赌注。

过了一个小时再看，只见他像野外光秃秃的树桩，身上只剩下短袖衫。

这时候，他爹派人来找他，对他说：“你父亲快不行啦！临终还想和你见一面，让你请求宽恕听听遗言。”

“告诉他，”这糊涂蛋说道，“方片 K 要了我的命，最好还是让他到这儿来见面。他来酒馆一点儿不难堪；可我走在大街上，没靴子、没衣服、没帽子、没袜子，实在太丢脸！”

炮 与 帆

战船上的炮与帆，成了冤家对头，大炮从船舷上高高地抬起炮口，面对着天空抱怨不休："啊，诸位神祇！你们何时见过这种破麻片做成的东西，居然敢和我们大炮分庭抗礼！我们的航程万分艰险，它们帆有什么贡献呢？只要风一吹，它们就挺起胸膛，好像威严的大官一样，得意洋洋地驶过大海去，一脸傲慢的样子。而我们大炮在战斗中隆隆作响！难道战船不是凭我们才称霸海洋的吗！难道不是我们把死亡与恐惧带往四面八方的吗？不，再不能和帆同在一条船了！没有帆，我们也能独自支撑局面。威猛的风神啊，求你帮忙，吹吧，快把帆撕成碎片！"

听从召唤的风神呼啸而来，大海顷刻间变得非常的昏暗，乌云遮蔽了天空，翻卷的排浪如山；雷霆震耳欲聋，电光闪闪刺眼；狂暴的风神撕碎了船帆。船帆消失，风暴也随之平息。

后果如何？没有帆的船——成了风浪的玩具，像木头一样在海上漂移。当它又一次遭遇强敌时，敌船的炮火给它以猛烈的轰击，它遍体鳞伤的，不能再移动了，连同大炮一起沉入了海底。

每个强国之所以这么强大，都是靠他的各个部门协调施展的结果：震慑敌人——有炮，保持国家权力平稳——靠帆。

橡树和芦苇

有一次，橡树和芦苇交谈，橡树说："你的确有权利抱怨造物主，即使是一只麻雀站在你身上，对你来说也是一种沉重的负担。微风刚刚在水面上吹起阵阵涟漪，你就会颤抖，显得是那样的柔弱不堪、孤苦伶仃，你实在是可怜。而我却像高加索的大山一样威严，我不仅能遮住太阳的光线，而且还能嘲笑风暴和雷电。我傲然挺立，直指蓝天，我的力量坚不可摧。一切对你来说都是风暴，而对我来说，却只是清风拂面。要是你生长在我的周围，我就可以用我的浓荫把你遮盖，遇到险恶的天气，我就用我的身躯为你掩护。但是造物主为你安排的住处，却是狂风呼啸的河岸，这是风神居住的国土，她当然不会对你提供保护。”

芦苇回答说：“你真是悲天悯人，可是你却用不着为我伤心，我并不像你说的那样糟糕可怜。我根本不担心风暴和雷电，我虽然弯下身子，但不会把腰折断。风暴不会对我产生多大损害，恐怕它们对你倒有更大的危险！的确，到目前为止，风暴的肆虐并没有把你健壮的身躯压弯，你也没有在风暴的打击下扭过脸，但是——还得等到最后才知晓！”

芦苇的话刚刚说完，咆哮的风神就突然从北方卷来了雨雪冰雹，橡树挺立着，芦苇就势俯到。可是风越刮越大，那棵高入云霄、浓荫蔽日的橡树终于被连根拔掉了。

山　　雀

一只山雀飞到海上，夸口说它要烧枯海洋。

它的话马上传播开来，海神国都的居民陷入一片惊慌。鸟儿成群地在空中盘旋，野兽也从森林里跑来观望，要看看它怎样烧枯海洋。特别是那些喜爱酒筵的人听到传闻，也手拿羹匙跑到岸边，准备喝顿鲜美丰盛的鱼汤。因为如此鲜美的鱼汤，就连最慷慨的承包商，也不曾让他的伙计们品尝过。

大家挤来挤去，都想先看到奇迹，眼睛盯着大海，静静地等着，一声也不响。只是偶尔有人低语:“看,沸腾了;看,马上就要烧起来了!”

可是完全不是那么回事,大海根本就没有燃烧,也没有沸腾。

要问荒唐而狂妄的山雀如何收场?它不得不含羞飞回它的故乡。

牛皮吹得不小,大海并未燃烧。这里再补充一句话,但不涉及具体人:事情没有做成功,千万不可把口夸。

农夫与马

农夫播种燕麦,这情景被一匹小马看见,马儿暗自抱怨:“何苦扔掉那么多燕麦!据说人比我们聪明能干,可这样做多么糊涂可笑,整块土地都翻了个遍,把那么多燕麦撒在地里,然后让它们白白腐烂。给我们马匹做饲料岂不更合算?再不然就用它去喂鸡,那样做也还有几分道理,贮藏起来,我只能说他吝啬;白白扔掉,简直就是个傻瓜!”

秋天到了,收割了燕麦,农夫用它来饲养那匹小马。

读者啊,毫无疑问,你不会赞成小马的议论;可是从远古直到如今,狂妄的人岂不也都是这样——对于天意一无所知,却在那里妄加评论!

兽类的瘟疫

瘟疫是上天最严厉的惩罚,是自然界最可怕的疾病,此刻正在森林中疯狂地流行。野兽们一个个垂头丧气的,似乎地狱已向它们敞开了大门。

死神在原野、沟壑、高山上奔驰，遍地横躺竖卧着死神逞凶的牺牲品。死神无情地把它们撂倒，就像割草一样；那些还活着的，看到临近的死亡。一副半死不活的样子，恐怖使它们完全变了样。

野兽还是那些野兽，但在大灾难中已不同往常一样：狼不再欺负小羊，温顺的像个和尚；狐狸也不再伤害鸡，正在洞穴里实行斋戒，它实在没有心思大吃大嚼：雄鸽和雌鸽已经分居，爱情已不复存在，既然没有爱情，还会有什么欢乐呢？

在这紧要关头，狮子大王突然召集众兽举行会议。野兽们提心吊胆地蹒跚走来，一声不响地围着大王坐下，瞪着眼睛，竖起耳朵，安静地听狮子大王讲话。

狮子开口说："哎，朋友们，由于我们罪孽深重，天神对我们大发雷霆，我们当中，谁的罪恶最大，谁就应该主动献身，作为祭品去供奉天神！也许，我们这样做能使天神感到满意，我们虔诚的信仰可以平息一下天神的怒气。我的朋友们，你们都知道，这种自愿的牺牲在我们历史上有过许多的先例。所以，大家应该平心静气，在这里大声坦白，什么时候犯了什么罪，是有意还是无意的。我的朋友们，让我们大家都来忏悔吧！首先，我自己承认，我也有过错，这也使我难过。可怜的小羊羔它们有什么罪？它们完全是无辜的，可我却把它们活活吃掉；有时（哎，谁没有过错？）我还吃过牧羊人。所以，我甘愿作为祭品献身。不过大家最好还是历数一下自己的罪恶，看谁的罪恶最大，就让谁作为祭品，那样才能使天神感到满意称心啊。"

"啊，大王，我们善良的大王！"狐狸说，"由于你太善良，才把这算做是罪恶。假如我们一切听从良心办事，那样最终得统统饿死；而且，我们的大王，你要相信，你肯赏脸吃它们，这对羊来说绝对是无上的光荣！至于说到牧羊人，我们大家向你恳求：应该这样教训他们，那是他们自作自受。这些没有尾巴的人类实在是太狂妄了，他们到处把自己说成是我们的国王。"狐狸的话刚刚说完，阿谀奉承的家伙们，就向狮子唱起同一个腔调，它们争先恐后地出来证明：狮子无罪可赎。

于是熊、老虎和狼都跟在狮子后面，挨个儿当众承认自己只有一些小错误，而对于它们为非作歹的事，谁也不再提一句。所有那些锐爪利齿的猛兽，在审判中都过了关，它们不仅没有罪，而且似乎都成了圣贤。

轮到驯良温顺的犍牛，它哞哞地叫道："我们也是有罪的。五年以前，在我们缺乏草料的那个冬天，魔鬼曾促使我去犯罪：我无论从谁那里也借不到一点儿草料，就从牧师的草垛上扯下一束干草。"

一听到牛讲的这些话，野兽们就开始咆哮，熊、老虎、狼叫道："看，这才是个大坏蛋！竟敢吃别人的干草，怪不得天神对我们如此严惩，原来是因为它犯下的罪行！这个头上长角的家伙太不安分，为了它的胡作非为，我们应该把它作为祭品献给天神，这样既可拯救我们自身，也可以整顿我们坏的风气！就是因为它的罪恶，我们才遭受这样的瘟疫！"于是它们作出判决：把犍牛推进火堆里烧死。所以人们也常常这样说：谁最老实，谁就有罪过。

驴　　子

农民养了一头驴子，这驴子似乎十分驯良。农民不住口地把它夸奖；他担心驴子在森林里迷路，就在驴脖子上系了个铃铛。

这一来驴子神气十足得意洋洋！（当然喽，它听人们谈论过勋章）它想象自己俨然成了贵族，没料到这头衔使它连遭祸殃。（这教训不只驴应该牢记心上！）

应当向你们事先说明，驴子原本没有什么声望，没系铃铛时它倒还走运，能够偷偷地吃些黑麦、燕麦，还时常到菜园里面逛逛，吃饱了溜之大吉不声不响。

可现在跟从前大不相同：尊贵的先生无论走到哪里，脖子上的勋章总是丁当作响。人们从麦田和菜畦里轰它，连连挥动手中的棍棒。有一位

街坊后来听见铃声，一棍子把驴的肋骨打伤。

我们的大人物实在可怜，没到秋天变了一副模样，瘦得皮包骨头，看来活不长久。骗子当官就有这种麻烦：当官职卑微的时候，他还不易被人发现；一旦这个骗子当了大官，官衔像驴子的铃铛，丁丁当当响声传得老远。

狐狸和土拨鼠

土拨鼠问狐狸："大嫂子，你急急忙忙要去哪儿啊?"

"唉，我亲爱的小兄弟，我现在可是蒙受了不白之冤呢！人们说我贪污受贿，要把我赶走，你要知道，我曾经在鸡舍当过法官。我为了公务失去了健康和清闲，忙忙碌碌甚至吃不上一顿饱饭，夜里睡觉也不香甜，可是我却遭到众怒和埋怨，而这一切都是因为谣言。请想想看：要是听信谣言，世上还有谁能落下个清廉？我怎么会贪污受贿呢？我又不是神经错乱！喏，你看见没有？我现在请你去作证：我同这种罪恶的勾当有没有牵连？请你想一想，好好地回忆一番。"

"没有，大嫂子，不过我经常看到你嘴巴上沾满鸡毛。"

有人一有机会就会唉声叹气的，好像他已花光最后一个钱币。真的，全城的人都知道，不论是他自己还是他老婆，都没有任何的积蓄。可是你等着瞧吧，他忽而盖房子，忽而买田地。现在，若说他的收入和开销对不上号，就是闹到法院上，你也提不出什么证据；但是如果不昧着良心，那就不能不说：它嘴巴上沾满了鸡毛。

过路人和狗

黄昏时分有两个朋友赶路，他们一面走，一面谈事情。突然从一家门洞里跑出一只看家狗，冲着他们叫个不停，接着又跑出一只，紧跟着跑出第三只，刹那间，从各院子里跑出总共四五十只狗。这两个过路人中有一个人从地上捡起一块石头就想扔，另一个对他说："算了，老兄！你无法制止住狗叫，只会惹得整群的狗叫得更凶。走我们的路吧，我最了解狗的天性。"果然，他们只走出几十步，狗就渐渐安静下来，最后一点儿狗叫声也听不到了。

爱忌妒的人，不论看见什么都要叫。你尽管走自己的路，他们乱叫一阵后，就会自动停住了。

麦穗

田里的麦穗风吹雨淋，隔着温室的玻璃它看见，里面的花朵备受娇惯，可是它在露天却要忍受害虫叮咬、酷暑与严寒。

它不由得向主人抱怨："你们人类啊，太不公平！谁让你们看着顺眼，你们就处处满足它的心愿。可谁给你们带来利益，你们反倒不喜欢！你们的主要收入岂不是来自麦田？看吧，麦田无人关心多么可怜！自从你在地里播下了种子，你可曾为我们安装玻璃抵御风寒？你可曾吩咐人锄草或是保温？干旱时你可曾用水浇灌？不！我们是听天由命地生长，从来没有人照管！再看看你那些花儿吧，虽然你不能靠它吃饭、靠它赚钱，它们却不像我们被抛在野外，而是长在舒服的温室里有人娇惯。假如你

也能这样关心我们，结果会怎样？明年，你将获得百倍的丰产！你将派出车队把粮食运往京城。想想吧，快修一座大温室保护麦田。"

"我的朋友，"主人回答，"看得出，你们没发现我的辛勤。请相信我最为关心的就是你们。你该了解我付出了多少汗水，清理杂草灌木，为你们施肥，我的劳作可以说无穷无尽。现在没工夫解释，多说也没用。你该向老天爷祈求风调雨顺。假如我听从你的聪明劝告，花朵与粮食都将荡然无存。"

善良的庄稼汉，普通士兵和公民，与别人攀比常常抱怨，不妨讲讲这个故事，给他们以解劝。

鹰和蜜蜂

谁一旦成为名人，他就算是交了好运，仅这一点就使他具有了无穷的威力，全世界的人都能看到他的功绩。但是另一种人更值得尊敬，他默默无闻，辛勤劳动，永不停止，他不贪图荣誉，不追求虚名，只有一个信念在鼓舞着他，那就是为公众的利益劳动终生。

有一天，鹰看见蜜蜂在花丛里忙碌工作，它带着鄙夷的口气对蜜蜂说："你呀，可怜的蜜蜂，我实在是为你感到惋惜，惋惜你的劳动和本领！你们成千上万的，整个夏天都在筑你们的蜂房，可是对你们的工作，又有谁来赏识和嘉奖呢？老实说，我就不理解你们的志趣：辛勤一辈子，究竟是为了什么……到头来还不是和大家一样无声无息地死去！我们之间的差别好比天上和地下！我展开呼啸的翅膀，在白云之下翱翔，到处散布着恐惧和惊慌：飞禽不敢从地上起飞；牧人守护着大片的羊群不敢打盹；矫健的扁角鹿看见我，也不敢在田野上胡乱奔跑。"

蜜蜂回答说："愿你永远享受赞美和荣誉！愿老天爷继续赐福于你！

而我生来只知道为公众的利益服务，不求人们对我的工作进行奖励，我唯一的安慰，就是能看到在我们的蜂房中有我酿造的哪怕是一滴的蜂蜜。”

蜻蜓和蚂蚁

爱蹦跳的蜻蜓姑娘，整个夏天都在纵情歌唱，还没有来得及四下观看，冬天就已经来到眼前。光秃秃的田野已没有了生命，再也看不到昔日良辰美景。夏天时节，每一片树叶下面，都可以饱餐和安身。如今，一切都成为了过去，贫困和饥饿伴随着寒冬突然降临。蜻蜓已不再欢唱，饿着肚子，谁还有唱歌的情绪呢！

她怀着满腹愁思，爬着来找蚂蚁。“亲爱的小弟弟，你可不要把我抛弃！请你让我在这里恢复一下体力吧，分享一下你的食物和温暖的住所，只不过到明年春季而已！”

蚂蚁回答说；“亲爱的大姐，这可是有点儿稀奇！请你告诉我：你夏天可曾工作过？”

“唉，亲爱的！那时节，到处是嫩绿的芳草，我们成天纵情歌舞，神魂颠倒，哪儿还顾得上工作呢！我当时什么都不去想，整个夏天一直在歌唱。”

“你一直在歌唱？这倒是不错：那就请你继续去跳舞歌唱吧！”

野兔打猎

一大群野兽一起出来打猎，一只孤零零的熊被它们捉住。它们在原野上把它咬死，然后开始分配猎物，大家各有所得。一只野兔也用手拖走熊的一只耳朵。野兽们看见，大声吼叫："啊，是你，斜眼的东西！你从哪儿跑出来的？打猎时谁也没有看过你。"野兔回答说："是这样的，众位兄弟！你们可知道，是谁把它从森林里吓出来的？是我！是我把它从森林里赶到了平地，直接把这位可怜的朋友送到了你们的嘴边！"这显然是在吹牛，但却非常的有趣，所以，一小块的耳朵还是分给了野兔。

人们虽然嘲笑吹牛的人，可在分东西的时候还是会分给他们一份。

公鸡和珍珠

一只公鸡在粪堆里寻觅食物，无意中找到了一颗珍珠。公鸡说："这东西有什么用处？毫无价值！人们却把它看得那么的贵重，岂不有点儿愚蠢吗？要是我找到一颗大麦粒，我会比找到这颗珍珠要高兴得多。麦粒虽然不是那么显眼，但却能填饱我的肚子。"

无知的人也是这样看待事物的，他们不了解一件东西的意义，就说它是废物。

货 车 队

一个车队满载着瓦盆、瓦罐，要从一个很陡的坡路下山去。车主小心翼翼地赶着第一辆车先走，让其余的车子暂时在山上等候。为了不让车子滑坡，驯良的老马几乎是用骶骨把车子给托住。

山上的一匹马驹嫌负重的老马走得太慢，老马每走一步，它都要责骂一番："嘿，多怪呀，还是一匹人人夸奖的良马呢！一躬一爬，简直像个大虾；看，差一点儿被石头绊住了。歪啦！斜啦！把胆子放大一点吧！瞧，又摇晃了一下！本来往左一点儿就行了，真是个笨蛋！如果是上坡，或走夜路，那还情有可原；可现在是下坡，又是大白天的，唉，实在看得不耐烦了！要是没有本领拉车，就应该去驮水，等着瞧吧，看我们怎样飞驰的，请放心，我们绝不会浪费一分一秒的。我们的车子根本不用拉，而是顺着山坡往下滑！"

于是，马驹躬了躬背，挺了挺胸，拉着大车就上路；不料刚一下山，就控制不住，车的重量开始往前压，车子走得越来越快，马驹不断遭到车子碰撞，脚步不稳，开始左右摇晃；它索性撒开四蹄奔跑起来，不管石头、沟坎，一味向前疾驰，向左，向左，再向左。突然，只听到轰然一声，连马带车都翻到地沟里！主人的一车瓦盆、瓦罐也都摔了个粉碎！

马驹的这种弱点，也是许多人的短处：总觉得别人的工作全是错误，可自己一动手，总是谬误百出。

小 乌 鸦

一只老鹰从天而降，它扑向羊群，抓走了一只羊羔。一只乌鸦看到这种景象，心中万分地羡慕，也想去模仿。不过它想："要抓，就得抓个大的，免得玷污自己的爪子！看起来，有些老鹰并不怎么聪明，难道羊群里只有羊羔吗？要是我愿意打劫的话，我就要抓一只最大的肥羊！"

只见小乌鸦飞到上空，用贪婪的眼神俯瞰着羊群：它把每一只小羊、公羊和母羊都仔细地打量，经过比较，最后选中一只公羊。你猜，这只公羊是什么样子呢？真是又肥又壮，也许只有大个儿的狼，才能拖走这只最肥的羊！

小乌鸦做好了准备，扑向选中的目标，它用尽全身力量，死死抓住羊毛，但怎么也拎不起来，这时它才知道，这只猎物它根本就吃不消。更糟糕的是：这只公羊长了一身非常浓密、蓬松、杂乱的卷毛。乌鸦的爪子被卷毛给缠住了，我们这只异想天开的小乌鸦，无论如何也拔不出自己的脚爪，它终于当了俘虏。

牧羊人把乌鸦被缠住的脚爪解脱出来，为了不让它飞跑，又把它的两个翅膀全都剪掉了。最后，我们的这只小乌鸦，被当作礼物送给了儿童玩耍。

这样的事儿在人世间也是常有的，如果小偷模仿大偷，结果一定是：大偷往往能逍遥法外，但小偷却要挨揍。

大象当政

谁要是有权有势又昏庸，即使心地善良，也必定会祸害无穷。

一头大象在森林里当政，象这个家族本来是非常聪明的，可是一族之中总有个不肖子孙。我们的这位执政官，身躯长得虽然像亲属一样肥大，可是它的头脑却有点儿愚蠢。但它有一颗善良的心，连伤害一只苍蝇都会于心不忍。

有一天，我们善良的执政官看到羊呈到官府的一张诉状，上面写道："狼要把我们的皮都剥光！"

大象对狼吼道："嘿，骗子！这是何等的犯罪！你们在抢劫，究竟是得到了谁的允许？"

狼说道："请原谅，我们的父亲！不是你答应过我们，为了做件过冬的皮袄，可以向绵羊征点儿税吗？它们现在大喊大叫的，只是因为它们的头脑不开窍，我总共才从每个羊姐妹身上收一张皮，可是它们却舍不得这点东西。"

大象说："噢，原来如此！不过要当心！谁要是办事不公道，我可不饶它！从每只羊身上收一张皮，倒也罢了，除此以外，再也不得动它们一根毫毛。"

主人和老鼠

如果家里丢了东西，在没有拿到证据的情况下，就不要对身边所有的人乱加猜疑和处分。那样做，既不能制止盗贼偷窃，也不会使盗贼认罪改

过，只会弄得自己众叛亲离，使小的不幸酿成大的灾祸。

有一个商人修建了几座仓库，仓库里堆满了食物。为防止老鼠偷吃东西，他成立了一个猫警察局。猫警察日夜在仓库巡逻，商人不担心老鼠闯祸。

过了不久，没想到又出现了窃贼，窃贼不在别处，就在巡逻队里。猫跟我们人类一样(这一点儿有谁不知?)，即使是监视也不会不犯过失。这时重要的是设法发现窃贼并惩处它，对没有过错的要宽恕。可是这个商人却没有这样做，他下令要让所有的猫挨鞭子。猫听到这个不公正的判决，不管有罪的没罪的，统统逃离了仓库，没有一只留下来捕捉老鼠。

老鼠所期待的正是这样的结局。猫刚一离去，它们就进入了仓库，没过两三个礼拜，就吃光了库里所有的食物。

狐狸和驴子

碰见驴子，狐狸开了口："你从哪儿来呀，聪明的朋友？走起路来这么慢慢悠悠。"

"亲家，我从狮子那里来！嘿，狮子也有衰老的时候！从前狮子吼，森林都发抖，吓得我魂不附体忙逃跑，哪敢正眼瞧瞧这怪兽！可是现在它老了，又弱又瘦，连一丁点儿气力也没有，瘫在洞里简直像段朽木头。这会儿再提起狮子来，野兽的恐惧全都抛在了脑后，真个是有冤报冤，有仇报仇——不论哪个从它身边过，都要发泄火气，大打出手，有的用角撞，有的咬几口……"

"你当然不敢去碰狮子喽?"狐狸打断了驴子的话头。

驴子说："哈哈！你可没看透！我还怕什么？踢它踢个够：让它晓得，驴蹄子也不好斗！"

鄙俗的家伙正是如此下流，当你有名望有力量的时候，他匍匐在你跟前不敢抬头；一旦风云变幻你遭遇不测，他挑着头儿对你狠下毒手。

猴子干活

不论你干活是多么的卖力，如果你的劳动既不能带来欢乐，也不能带来效益，那就别指望会得到人们的感谢和荣誉。

黎明时分，一个农民扶着一张木犁，在翻耕自己的一块田地。他干活十分卖力，满脸汗珠直往下滴，作为一个庄稼人，他实在是个好样的。不论谁从地头经过时，都要对他说一声："干得好！"

一个长尾猴对此有点儿妒忌，夸奖可是一件好事——谁不愿意接受呢！长尾猴也想去耕地。它找到一根木棍，就开始动手！它忙得不可开交，干得十分辛苦：一会儿把木棍举起，一会儿又这样或那样地抱住，一会儿东拖西拖，一会儿滚来滚去。可怜的猴子，汗水流成了小溪，最后它筋疲力尽、气喘吁吁，可是夸奖它的话儿却连一句也没有听到。

亲爱的，这并不稀罕！你干得虽然很多，但却没有任何的效益。

狮子和人

勇猛可喜，机智更强；而有勇无谋往往酿成悲剧，谁若不明白这个道理，不妨听听这个生动的事例。猎人在树林里布置好罗网，等待着捕获猎

物；但由于一时疏忽，他自己倒被狮子抓住。

“该死，卑鄙的东西！”愤怒的狮子张开血盆大口吼叫，“你蔑视万物，甚至看不起狮子，这回我倒要瞧瞧，你有什么权力和能耐，自吹自擂享有万物之灵的封号？让我们探讨探讨，你那么高傲，可有本领逃脱出我的利爪？”

猎人回答狮子说：“我们胜过万物不靠力气靠智慧！我敢夸口，有些障碍我能超越，你虽然威猛，却不得不后退。”

“你这样吹牛，我不爱听。”

“不是吹牛，我能用行动证明；如果我撒谎欺骗，回头你吃掉我，结果我的性命。你看，那些树木之间，有我挂好的网绳。咱们俩比比，看谁能顺利通过？如果你同意，我先开始爬行；然后你再用力跳跃，看能不能跑到半截就追上我？你看，绳网又不是石头墙，小风一吹就轻轻摇晃，但是你光凭力气，未必能跟随我穿过绳网。”

狮子鄙夷地瞅了一眼，说道：“你先走吧，转瞬之间，我用不了几步就能把你追赶。”

它说话的口吻十分傲慢。猎人再不费口舌，噌噌噌噌从网下面钻过，随后准备好要把狮子擒获。

狮子在后面追赶，快似离弦之箭，但它从未学过钻网的秘诀，一头撞进了罗网，狮子难以挣脱——猎人不再争辩，事情已经了结。

智谋战胜了蛮勇，不幸的狮子离开了这个世界。

狮子和蚊子

不要藐视弱小者！不可侮辱弱小者！弱小的敌人有时也能对你做出凶狠报复，对自己的力量不可估计得过高！且听我讲个寓言，说的就是狮子因骄傲自大，遭到蚊子的严厉惩罚。

这个寓言我是从别处听来的，大意如下：一头狮子对一只蚊子表示了它的藐视，蚊子怀恨在心，咽不下这口怨气。它决定对狮子发动一场战争，自己既当战士，又当号兵，嗡嗡直叫，要与狮子拼命。

狮子觉得很好笑，但蚊子可不是在开玩笑：它在狮子脑后、眼前、耳旁吹响了号角！目标看得准，时机也选得好，它像老鹰一样对狮子猛扑过去，对着狮子的臀部扎进了它的毒刺。狮子全身一抖，摆动尾巴向蚊子打去。可是蚊子非常机灵，而且毫不胆怯，它叮在狮子前额，吮吸狮子的鲜血。狮子摇晃脑袋，甩动颈上的长毛，但是我们的英雄毫不动摇：时而钻进狮子的鼻孔，时而在它的耳朵里叮咬。

狮子狂怒起来，发出骇人的吼叫，牙齿咬得咯咯直响，爪子在地上乱抓乱挠。可怕的狮吼震撼着周围的森林，野兽们惊恐万分，躲的躲，逃的逃。大家争先恐后地拼命逃跑，好像发生了火灾，或是有洪水来到！

是谁引起了这场惊恐？原来是一只蚊子！

狮子乱冲乱撞，耗尽了所有的力气，最后咕咚一声栽倒在地。狮子不得不向蚊子求和，蚊子的怨气已消，也就表示了同意。

刹那间我们的英雄又变成了诗人，它飞遍了整个森林，传播着它胜利的喜讯。

种菜人和学究

春季，种菜人在自己的菜畦里起劲地翻地，好像要挖出什么宝贝来。这个种菜人非常的勤劳，他看上去身体很强健，精力也十分充沛，他已经翻好五十来畦的黄瓜地。

他的院子旁边住着一位邻居，他对菜园和果园也很感兴趣，不过他很

爱吹牛，是个一知半解的学究。他只是根据书本去谈论如何种菜，不过有一次他忽然想要亲自动手干一下，而且他也想种黄瓜，同时他还嘲笑种菜。他说："邻居，你可真够卖力的，不过我的工作要大大超过你，你的菜园和我的相比较，它将会像是一片荒地。而且，说实话，有一点儿使我感到十分惊奇，你这样马马虎虎地种菜，为什么还没有破产呢？你大概没有学过任何的科学吧？"

邻居回答："没有时间去学习。我只有一双手和熟练的技巧再加上勤劳，这就是我所知道的科学。感谢上帝，我就靠这些才得以生活的。"

"你这个蠢人，竟敢嘲笑科学？"

"不，老爷，请你不要曲解我的话！如果你有什么更好的办法，我随时准备向你去学习和效仿。"

"好，那你就到夏天等着瞧……"

"可是，老爷，难道现在不是该动手了吗？我已经多少种一些了，可是你连一个菜畦也还没有整出来呢。"

"是的，我并没有整地，那是因为我没有工夫，我一直在读书，并想从书中读到究竟是用铁锹翻地好呢，还是用犁？不过时间还是来得及的。"

"时间对你来说很充裕，对我可紧着哩！"说完这话，两人就各忙各的了，种菜的人拿起他的铁锹继续去翻地，学究转身回到家去了。他又是读书，又是查找，又是摘录文字，从早忙到晚的，他除了在书本里钻研，也到菜畦里去翻地。这件工作刚刚有了点儿头绪，他菜畦里刚刚长出了一些芽子，可是只要他在书刊上找到一些新的办法，就马上改变主意，把黄瓜苗挖去后重新去翻地，然后按照新的办法重种新的黄瓜。

可是结果怎样呢？种菜人种的黄瓜已经全部成熟了，而且是喜获丰收；可是学究种的黄瓜呢，还看不见一点儿影子呢。

杂毛羊

狮子厌恶杂毛羊，消灭它们原本不费力气，可是那种做法有违公论，因为狮子在森林中冠冕称王，不能无缘无故地杀戮子民，而应当厉行法治威震四方。但它最终难以容忍杂毛羊，怎样铲除心患又无损声望呢？

它召见熊和狐狸进行磋商，把自已的心病告诉大臣，说它只要一见到杂毛羊，两只眼睛就疼得慌，说它可能会因此失明，但不知如何铲除祸殃？

熊粗声粗气把话讲："威严的大王！不必多虑，尽管下令无妨，为这点儿小事何苦多费唇舌。通通绞死它们了事，有谁会可怜杂毛羊？"

见狮子大王皱了皱眉头，狐狸说话语气驯良："啊，我们仁慈的大王！你既然禁止伤害可怜的生灵，又不忍心让无辜者流淌鲜血，那么我冒昧献上另一条计策：请下令为杂毛羊开辟草场。母羊在那里有丰盛的饲料，羔羊在那里可以奔跑和跳跃，因为我们缺少牧人，你不妨派狼去牧羊，杂毛羊种将会自生自灭，当然，这只是我的猜想。让杂毛羊对你感恩戴德，不论发生什么意外，都牵涉不到大王。"

狐狸的主张被采纳，实施的结果如愿以偿：不仅杂毛羊终于消声灭迹，连纯毛羊的数量也不断减少了。野兽们对此如何议论？它们说：狮子善良，作恶的是狼。

小树

一棵小树看到一个农民带着斧头走到他的身旁，便对他说："亲爱的，请你把我周围的树木全部砍光，我在这里无法自由自在地生长，我既见不到阳光，也根本找不到延伸的地方，四周甚至吹不进一点儿的风，这些树木好像在我头上织成了拱形罗网！要不是它们妨碍我生长，一年之后我就可以成为这一带最醒目的大树，我的浓荫将覆盖住整个山谷。可现在呢？我却长得像细细的树枝一样。”于是农民就挥动斧头来为他的朋友帮忙，在小树周围清理出很大的一片地方。

但是好景不长！小树受到太阳的烘烤，还受到大雨和冰雹的袭击，最后，小树被狂风摧折在地。

这时，有一条蛇对它说：“愚蠢的小树啊！你的灾祸难道不是你自己招来的吗？如果你在树林的浓荫下多长些日子，不论炎热还是大风都不会把你伤害，因为有老树保护你，使你不受伤害。等将来那些树林因成材全部被砍光后，那时候你已经长得相当粗壮了，你会十分的坚强，你大概就不会遭到今天的灾祸了，不论遇到什么样的暴风雨，你也就能安然无恙了！”

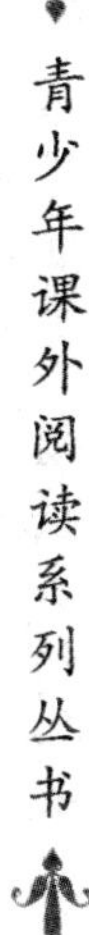

八　哥

各人有各人的才能，可有些人只要看见别人的成就就会眼红，总想在不适于自己干的事情上逞能。我的忠告是：如果你想获得成功，就去干适合你自己干的事情。

八哥从小就学金翅雀唱歌，好像它生来就是一只金翅雀。它那儿有趣的学舌使林中的鸟儿感到非常的快活，所以大家都称赞八哥。

别的鸟儿听到这种称赞一定会感到满足了，可是不幸的是，八哥的嫉妒心很重，它一听到大家夸夜莺，就说：“朋友们，请等一等，我也能学着夜莺的调子唱歌，并且唱得和它一样好听。”于是，它真的唱起来，不过它唱的调子实在是太糟了。它一会儿尖着嗓门叫，一会儿哑着嗓子号，一会儿咩咩地像一只羊羔，一会儿喵喵地像一只小猫。总之，林中的鸟儿听到它的歌声后纷纷逃跑。

唉，我亲爱的小八哥，你这样做有什么好处呢？与其学夜莺学得这样糟糕，还不如学好金翅雀呢！

特利施卡的外套

特利施卡外套的袖子上磨出了窟窿，这何须多想？他拿起针来就缝。他把袖筒截去四分之一，在袖肘上打上了补丁。外套补好了，只是有四分之一的手臂露在外面，这又何妨，又何必为这个而感到心烦呢？可是，每个人对他都加以嘲笑，特利施卡却说道："你又不是个傻瓜，我会把短的改长，我能把袖子缝得比原来的还长。"

啊，小伙子特利施卡的头脑还是不简单！为补袖子他竟把外套的下摆截下一段，虽然外套弄得比坎肩还短，可是他穿起来却是满心喜欢。我有时看到一些人常把事情办糟，他们也是这样来找偏差的，瞧，他们穿的不正是特利施卡的外套吗？

黄雀与刺猬

胆怯的黄雀，喜欢独自隐居，黎明时悄悄地哼唱歌曲，从来不想受到别人称赞，它唱得随心所欲！

忽然，大海上升起了辉煌的太阳，极其荣耀，光焰万丈！似乎是太阳神福玻斯给万物带来生机，照耀它们生长。

为了迎接这位神明，茂密的森林响起了夜莺的合唱。我们的黄雀却已沉默不语。“朋友，怎么啦，你为什么不再唱歌?”刺猬问黄雀，口吻含着讽刺。

“因为我的歌声不配赞颂福玻斯的伟大，我不敢用微弱的声音歌颂太阳。”可怜的黄雀含泪回答。

我同样忧伤与惋惜，命运没有赋予我平达尔的才华，不然我也会颂扬亚历山大！

猫和夜莺

猫捉到一只夜莺，它把这可怜的小鸟抓在爪中，轻轻地按着，语调很温柔：“夜莺啊，我心爱的小鸟！我听说，到处都夸你歌唱得好，你和第一流的歌手不差分毫。狐狸对我说过，你的歌声清脆又甜美，所有的牧女和牧童都被你美妙的歌声所陶醉。我也想亲耳听你唱支歌，我的朋友，请你不要固执，别哆嗦！不要怕，我根本不想吃你，只要你唱点儿什么，我就把你放掉，任你在森林里快乐逍遥。我和你一样对音乐非常爱好，我常常哼着歌儿，打着呼儿就睡着。”

可是我们可怜的夜莺，正在猫爪子下挣扎，死里求生。

猫又继续说：“怎么样，朋友，哪怕少唱几声?”但我们的歌手唱不出口，只能吱吱叫。

猫讥笑地问道：“难道你就是这样使整个森林为你倾倒？大家赞不绝口的纯正嘹亮歌声哪里去了呢？就连我的小猫这样叫，也会使我烦恼。我看你唱歌的本领并不高，吱吱呀呀，没头没脑。看来，把你吃到嘴里才能有点味道!”于是猫一口吞下可怜的歌手,一点都没剩下。

是不是还要我悄悄地把我的意思向你明说?猫爪子下的夜莺,唱不出好听的歌。

好奇的参观者

“亲爱的朋友,你好!你上哪儿去了?”

“去博物馆了,朋友!我在那儿参观了三个钟头,一切都看到了,一样都没漏。你相信吗?一切都那么令人惊奇,简直无法向你描述。那里简直是无奇不有!大自然的造化真是奇妙!我在那里看到了世上所有的飞禽走兽,还有各种各样的蝴蝶、昆虫、甲虫、蟑螂和苍蝇。有的像绿宝石,有的像红珊瑚,还有一种小瓢虫,小得赛过针头。”

“你看见大象了吗?那形象该是多么壮观啊!我想,你是不是以为碰到一座大山呢?”

“难道那里有大象吗?”

“当然了。”

“唉,老兄,真是遗憾,我怎么没有看见大象呢!”

农民和大河

小河和小溪经常泛滥，农民被弄得倾家荡产，他们实在是忍无可忍了，便去请求大河替他们主持公道，因为小河与小溪的水都流入了大河的河道里。它们有许多罪状需要控告和揭发！这里的冬麦被毁掉了，那边的磨坊也被冲垮了，无数的牲口被淹死了！可是那条大河虽然水大，但却是流得非常平缓，有许多大城市矗立在河的两岸，从来没有听说它造成过什么灾难。对，大河一定会把小河看管好，农民对大河作出了这样的判断。

可是结果又如何呢？当农民走近大河一看，他们才恍然大悟，原来他们的半数财物都漂浮在大河上。农民只能望着大河兴叹，跑来向它诉苦简直就是枉然。农民互相看了一眼，摇了摇头，开始走向回家的路。他们一面走，一面交谈："我们又何必白白浪费时间呢！小的把掠夺的财物分给大的一半，我们又怎能指望大的把小的惩办呢！"

狮子和老鼠

为了在近处树洞里安家，老鼠恭顺地请求狮子说道："在这儿，在森林里，虽然说你威严而且荣耀，论力量，狮子无与伦比，一声吼，吓得野兽心惊肉跳；可说到将来，谁能预料？谁没有求人帮忙的时候？别看我身体小，也许日后能够为你效劳。"

狮子听了厉声大叫："你个渺小的东西！就凭这狂妄的胡说八道，该把你的脑袋拧掉！滚开！滚开！趁早滚开！不然你连尸首也找不到！"可

怜的老鼠吓得晕头转向，拔腿就跑，逃之夭夭。

然而狮子的高傲留下了后患：有一次外出寻找食物，狮子中了圈套，浑身力气不能施展，吼叫、呻吟也是徒劳，怎么挣扎，也无法脱逃。猎人把它锁入囚笼，运到外地供人观瞧。狮子再回想起小老鼠已为时过晚，假使老鼠能帮忙该有多好，因为绳网最怕耗子咬。狮子明白了，毁灭它的是骄傲。

读者朋友，我稍加解释这则寓言，我爱真理，这话也并非杜撰；民间谚语说得好：切莫往井里吐痰，因为你也有喝井水的一天。

杰米扬的鱼汤

“好邻居，我亲爱的！请，请吃吧！”

“好邻居，我已经很饱了。”

“没关系，请再来一盘鱼汤，说实在的，这鱼汤的味道可香了！”

“可是，我已经吃了三盘啦。”

“唉，得了，何必计数呢，只要有食欲，就不要客气，再把这一盘也给吃光！多么鲜美的鱼汤啊！你看那上面，简直像琥珀一样闪亮。亲爱的朋友，请加油！这是鳊鱼，这是鲟鱼块，这是鱼肠！哪怕再来一勺也好！喂，老伴，快来添汤啊！”

杰米扬对邻居福卡的款待就是这样，一刻也不让他歇息。而福卡早已吃得大汗直淌，可是他又接过一盘鱼汤，他使出最后的力气，才把这盘鱼汤全部吃完。

杰米扬喊道：“我就喜欢你这样的朋友！爱摆架子的人我可不能忍受。好吧，再来一盘，我亲爱的！”

我们可怜的福卡，不论是多么爱吃鱼汤，但再也无法忍受这样的灾难，他抓起帽子和腰带，赶快拼命逃回家，从此再也不登杰米扬的门槛。

幸运的作家，即使你有真正的才华，如果你不能适时地沉默不言，老是不停地在人们耳边絮烦，那你就会发现，你的散文华章，将会比杰米扬的鱼汤更令人厌烦。

狼　和　猫

狼从森林逃进村里，自然，不是前来做客，而是想找点东西充饥。猎人和猎犬正穷追不舍，狼瑟瑟发抖怕被剥掉狼皮，碰到第一个门口就想钻进去。也是它活该今天倒霉，家家户户全都大门紧闭。

狼看见篱笆上有一只猫，连忙低声下气地问道："瓦西卡，我的好朋友，请问，哪个农民心肠最好？谁能保护我避开凶恶的敌人？你听，猎犬狂吠，还有可怕的号角，他们正在追我，转眼就会赶到。"

猫说："快去求斯杰潘吧！他的心肠最善良。""好是好，可是我偷过他的绵羊。""喏，那你找杰米扬试试。""我怕他也不会把我原谅，因为我拖走过他的山羊。""往那边跑！那边住着特拉菲姆。""特拉菲姆？不，我可不敢见这位大叔。我抢过他的羊羔，他从春天就想报复。""真糟糕！那你不妨求求克里姆！""啊！瓦西卡，我咬死过他的牛犊。"

瓦西卡于是对狼说道："亲爱的，我明白了其中的道理：你得罪了全村所有的人家，怎么还指望在这里躲避？不，农民们绝不至于那么糊涂，受过你的祸害还来搭救你。这才是种瓜得瓜，种豆得豆，千真万确，你该埋怨你自己！"

潜水采珍珠的人

古代有个国王陷入了深深的疑虑:有学问是利大于弊还是弊大于利?学识会不会让人心涣散,使人怯懦,丧失勇气?把所有的学者统统驱逐出境,这种决断是否明智?这国王想保持王位的荣誉,他真心看重臣民的利益,不想匆匆忙忙作出决定,过于任性或过于偏激,因此他决定召开一次会议,与会者皆可直言不讳,但是要讲得有理有据,正式亮明观点,反对还是同意:是让学者们仍然留在国内,还是把他们统统驱逐出去?

会议讨论了很久,有的人阐述了自己的见解,有的按秘书写的稿子照本宣科,众说纷纭,陷入混乱,弄得国王头脑发昏犹豫不决。有人说:没有学问就是愚昧,既然上帝给我们智慧,是为了让我们能把天意领悟,造物主想让人类聪明,胜过那些不会说话的动物,依据主的目的判断,学问能把人引向幸福。另外一些人则一再强调说,学问只能使人趋向堕落,因为一切学问都是梦呓,正是学问损害了道德,也正是由于教育的危害,古代最强大的王国才归于毁灭。简而言之,双方争执不下,其中有真理也有谬论邪说,写出的文稿堆积如山,但关于学问的争论却没有完结。

国王进一步采取了措施,从四面八方召集有识之士,让他们继续评判学问的利弊。然而这办法也不见效,原来国王给了他们高额的薪俸:争论成了他们的财源,因此他们乐意无休止地论争;如果依照他们的心愿,他们巴不得拿着国家的俸禄,各执己见争论到今天。但国王不能拿国库开玩笑,一发现弊端他就把会议解散。然而国王的疑虑仍悬而未决。

有一天他离开王宫漫步到原野,看到面前有个隐居的修道士,长着灰白的大胡子,一部厚厚的书籍捧在手里。隐士的目光庄重,但并不忧郁,嘴角挂着微笑,和蔼善良、彬彬有礼,前额的皱纹留下了沉思的痕迹。

国王和隐士攀谈,发现他有渊博的学识,就请求这位智者为他解除忧虑:学问是利大于弊还是弊大于利?

长者回答说:"国王啊!请让我给您讲一个小小的寓言,这个故事我想了很多年。”他稍作停顿，接着讲述：“很久很久以前在印度，大海边住着一个渔夫，留下三个儿子，他死了，漫长的一生贫穷而又痛苦。三个儿子看到，像爹一样撒网打鱼还得受穷，他们对这一行已经厌恶，兄弟仨想从大海里索取贡品，不要鱼，而要珍珠！他们都擅长游泳，都会潜水，他们缴了该缴的税，就开始了新的营生，不过，兄弟仨收获大不相同：其中的一个最为懒惰，一天到晚在海边游逛，他甚至不愿意弄湿双脚，就盼望大海的波浪把珍珠卷到沙滩上。由于他太懒，日子过得非常艰难。另一个兄弟一点儿也不怕艰苦，他善于依据自己的能力选择适当的深度，潜到海底采集了大量的珍珠，从此他过得日益富足。第三个对于珍宝特别贪婪，他自己暗自盘算：‘虽然海岸附近可采到珍珠，但更多的宝贝在深海里面，无数的珍珠、玛瑙和珊瑚，在深深的海底堆积如山，任何珠宝都等不到手，为采集奇珍就得甘冒风险！’这鲁莽的家伙财迷心窍，随即乘船驶向辽阔的大海，他选择的深海波浪汹涌，不顾一切跳入海中；然而他并没有潜到海底，就被漩涡所吞没，他为鲁莽付出了自己的性命。”

智慧的长者最后说：“国王啊！依我看，虽然说学问是高尚德行的源泉，但也是野心家自取灭亡的深渊。与潜水采珠有一点不同：狂妄的采珠者自己找死，而野心家会吸引追随者，许多人会跟他一起毁于劫难！”

驴子和夜莺

看见夜莺，驴子开了口：“喂，朋友！都说你是有名的歌手，我倒想听听你的歌喉，然后亲自来评判评判，瞧你的技巧够不够第一流？”

夜莺当即开始献艺。先是清脆起唱，继而婉转鸣啼，行腔悠扬曲折，音调变幻出奇；忽而温柔地喃喃低语，犹如远方依稀可闻的芦笛；忽而似响起串串银铃，森林中顿时洋溢着欢乐的旋律。

这时候山川万物，全都聆听黎明歌手的妙曲。鸟儿不再喧叫，清风收敛双翼，牛羊静卧在地，牧人凝神屏息——目不转睛注视夜莺，偶尔才向牧女露出笑意。

夜莺唱罢歌曲，驴子额头点地："不错，传说有点根据，听你唱歌还算有趣，只有一点感到可惜，你不认识我们的公鸡；要是你跟它学上两手，准能提高自己的声技。"

可怜的夜莺听到如此高论，拍一拍翅膀飞得无踪无迹。

啊！上帝！再别让我们听到驴子的评语。

金翅雀和鸽子

一只金翅雀被扣进了捕鸟笼，可怜的小鸟在里面乱扑棱，一只小鸽子在一旁幸灾乐祸，嘲弄地说："你怎么就这么笨呢，竟在大白天里自投罗网！我可不会像你一样上当受骗。"它的话音还未落，马上也被扣进了捕鸟器。真是活该啊！小鸽子哪，今后对别人的灾难可别再嘲弄了。

孔雀与夜莺

有个人不懂物理却喜爱音乐，一次听见树枝间夜莺的歌声，他就想弄一只这样的鸟儿关进鸟笼。于是他跑到一座小城，说什么："那种鸟儿虽没见过，可是我赞赏它的歌，我渴望拥有这样的鸟儿，鸟市上可供挑选的鸣禽很多。”

这位老爷怀着这种想法走进了鸟市，他的钱包鼓鼓囊囊，可头脑空空，老爷看见了孔雀，也看见了夜莺。他对商人说：“我不会弄错！看见这美丽的歌手我就喜欢。外表出众，唱歌肯定好听；请问，这只鸟儿多少钱？”

商人听了回答说：“老爷，孔雀唱歌不好听，您老想买会唱的鸟，别挑孔雀，最好买夜莺。”

商人的话让老爷吃惊，不过他害怕上当受骗，他觉得夜莺的样子不好看，心里想：“这只鸟羽毛少身体小，让它成为歌手难上难。”他买了孔雀，非常满意，一心想欣赏孔雀的歌唱。

匆匆忙忙回到家里，用个硕大的鸟笼把孔雀安置停当，孔雀像猫一样，喵喵叫，一连叫了十几次算是对主人的报偿——凭羽毛判断歌喉实在荒唐！

像这位老爷一样，我们也常带着偏见评论别人，什么人衣衫不整，发式不新，手上不戴戒指，腕上没有表，箱子里面不衬黄金，我们就说他很愚蠢。

树叶和树根

一个晴朗的夏日，树叶把浓荫洒向谷地，它们和微风喃喃低语，夸耀自己的青翠茂密。请听它们是怎样向微风夸自己：“难道不是我们把整个山谷点缀得如此美丽？难道不是我们使树木显得如此繁茂、葱郁、蓬松、秀丽？如果没有我们，树木会成为什么样子？说实话，我们可以问心无愧地夸耀自己！难道不是我们用凉爽的浓荫，使牧童和旅人能够躲避炎热酷暑？不是我们用自己美丽的容貌吸引牧女来这里轻歌曼舞？每逢朝霞或晚霞从天空升起，夜莺都要在我们这里婉转鸣啼。微风啊，微风，你自己也几乎总是和我们形影不离。”

这时从地下发出一个谦和的声音：“这恐怕也应该感谢我们。”树叶沙沙作响，向声音表示抗议：“是谁说话这样傲慢无礼，你们是什么东西，竟敢和我们来争高低？”

地下的声音答道：“我们埋藏在阴暗的地下，正是我们把你们哺育，难道你们真的不认识？我们是树根，你们正是靠树根才能一片葱绿。你们尽可炫耀自己的美丽！只是请你们记住我们之间分工上的差异：新春到来之际才会长出新的叶子，可是如果树根枯萎，树木就要枯死，也就不会有你们这些叶子。”

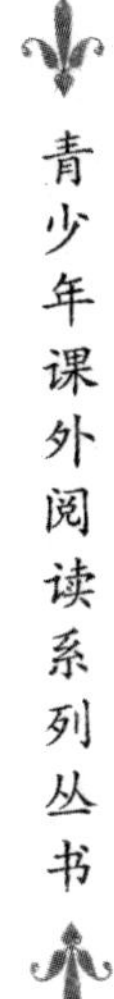

蚊子和牧人

牧人仗着有猎狗放哨，便安心地躺在树阴下睡觉。一条毒蛇从树丛中看到了这一切，便向他爬了过去，只要毒蛇的芯子一伸，牧人的性命就立刻呜呼。这时，一只蚊子对他非常同情，便在他额头上使劲儿叮了一下。牧人惊醒，立刻把毒蛇击毙。但是在朦胧中他先拍了一下额头，可怜的小家伙立刻殒命。

这样的例子并非只有一桩：如果弱者试图向强者指出事情的真相，即使他是出于善良的愿望，也会落得同蚊子一样的下场。

农民和死神

一个被贫困和劳动折磨得干瘦的老头儿，在寒冷的冬天拾了一捆柴火，背着柴火缓慢地朝自己的茅屋走去。在重压下他气喘吁吁。

走着走着，他感到了疲惫，于是，停住脚步，把柴卸下，坐在上面休息。

他叹了口气之后陷入沉思："天哪！我怎么会这样一贫如洗！我一无所有，还得养活老婆和孩子，还要缴纳人头税、租金和服劳役……我什么时候过过哪怕是一天快活的日子就好了。"

他极其苦闷，抱怨自己的命运，老头儿召唤起死神，可是死神并不是远在天边，而是近在眼前，一瞬间便在他面前出现。死神说："老头儿，你为什么唤我来？"

看见死神狰狞可怕的面孔，可怜的老头儿吓得几乎说不出话来，他慌慌张张地说："我唤你来，如果你不生气的话，是想请你帮我背起这捆柴火。"

我们从这个寓言中可以看出，不管生活有多么苦，死总比活着更糟糕。

攀藤

园中生长出一棵攀藤植物，它开始绕着干枯的树向上攀附。

在附近的田野里生长着一棵幼小的橡树。

攀藤指着橡树小声地对枯树说："你看，它长得是多么丑陋，像它这样能有什么用处？嗯，它怎能和你相比啊，你有多么笔直魁梧的身躯！它虽

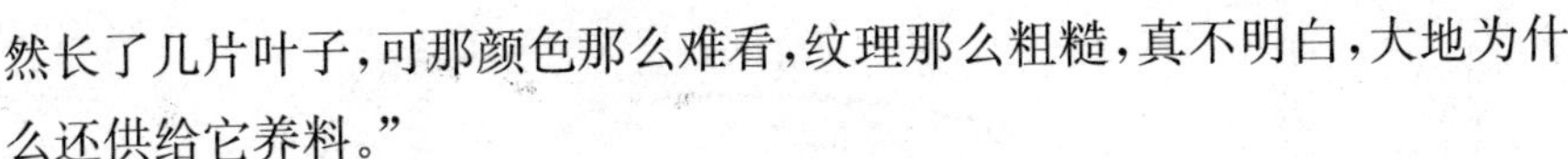

然长了几片叶子，可那颜色那么难看，纹理那么粗糙，真不明白，大地为什么还供给它养料。”

时间过去还不到一周，主人因要用木柴，就把枯树砍倒了，并把小橡树移进了林园。

经过艰苦奋斗，小橡树有了很多成就：它扎下了根，长出了枝蘖。你看，攀藤又在绕着它往上爬，并对橡树说尽了阿谀奉承的话！爱阿谀奉承的人，他们的举动和行为也是如此。他平时对你散布大量的谎言恶语，不管你怎样竭力地做好事，也不要指望他对你说一句好话。可是一旦你走运得势，他将会是第一个登门道喜的人。

乌　　云

一大片乌云，忽视被酷热折磨的大地，乌云没有掉下一滴甘露来滋润它，却把大雨倾泻在波涛汹涌的大海里，它还拿起自己的慷慨在山岭面前吹嘘。

山岭对乌云说：“你这种慷慨又带来了什么好处呢？看见你这样做怎能不感到痛心呢！如果你把甘露洒在田野上，就可以使整个地区免于饥荒，而大海水源充足，朋友，即使没有你帮忙，它也是波涛万丈。”

预卜未来的神

一座庙里竖立着一尊木雕的神，他能预卜未来，答复人们的询问，并用神明的忠告把人指引。正因为它这样灵验，它从头到脚都缀满了金银饰品，人们用华贵的盛装罩着它的金身。案上摆满了供品，祷告声声可闻，香烟缭绕，直冲它的脑门。人们对神无不盲目相信。

可是突然，真奇怪，真丢人！神怎么胡说八道起来？他的回答简直是颠三倒四，荒谬绝伦。不论谁，也不论为什么事前去求教，我们的神总是信口开河，胡说一通；所有的人都感到奇怪，它预卜未来的才能何以失灵！

原来，这偶像的肚子是空的，里面坐着祭司，在那里代神说话，欺骗众生。所以，如果里面坐着聪明的祭司，偶像说话就灵验；如果里面坐的是笨蛋，偶像就成了草包蠢货。

我听说——真的吗？——好像很久以前，人们就看见过这样的法官，如果身边有个聪明的秘书，他们就显得聪明能干。

大象得宠

森林里，大象受狮子大王的恩宠，这消息很快就传开了，和平常一样，大家对此乱猜：大象究竟为什么得宠呢？它长得既不漂亮，也不可爱；既没有良好的风度，也没有美丽姿态。野兽们互相议论开来。

狐狸摇着尾巴说："要是它有一条像我这样毛茸茸的尾巴，那我就不会觉得奇怪了。"

熊说："也许是仗着脚掌，它才得到这种光荣。要真是这样，谁也不会认为事情异常了，可是大家都知道，它并没有脚掌。”

“莫非是因为它有一对象牙？”犍牛插嘴道，“也许是它的象牙被当成了牛角？”

驴子扑打着耳朵开口说：“原来你们不知道它是怎样得宠，怎样显赫起来的，我可猜到了，如果它没有一对长耳朵，它绝不会受到狮子大王的宠爱。”

也许我们不大注意，我们常常颂扬别人时，实际上是夸奖自己。

贪心人和母鸡

贪心的人什么都想弄到，结果却什么都失掉。尽管我相信这样的例子有不少，但为了不花时间另外去找，而且也懒得去动手了，我想还是来讲一个古老寓言吧。小时候我读过一个关于贪心人的故事。有一个人什么都不会，他既不会捕鱼打猎，也没有什么手艺，可是他的钱柜却装满了金币。

原来他有一只母鸡，母鸡天天下蛋，但下的不是普通的蛋，而是金蛋！这该多么令人红眼！要是别人，肯定会非常的满意了，因为他从此会逐渐变得富裕。

可是这个贪心人总是嫌不够富裕，于是他的脑子里就产生了一个念头：要是把母鸡宰了，从鸡肚子里就一定会得到宝物。

就这样，他忘记了母鸡给带他来的好处，忘恩负义的他，也不怕造孽，一刀宰掉了母鸡。可是结果如何？他从鸡肚子里得到的只是普通的内脏而已。

两 个 桶

路上滚着两个桶，一个装满了酒，另一个里面却是空空的。酒桶里不声不响地慢慢滚动。空桶却滚得飞快，蹦蹦跳跳的，一路上丁丁当当、咕咕咚咚的，路上尘土四起，行人也受到惊吓。人们不得不赶快躲避它，因为老远就听到了它的轰鸣声。但是不管这个空桶响声有多大，它的价值却总不如那酒桶。

有的人对自己干的事情总爱吹嘘，其实他并没有什么了不起的。那些真有建树的人，往往不喜欢言辞。伟大的人只在事业上惊天动地，平时则专心致志地工作，沉默不语。

狮子与雪豹

很久很久以前，狮子和雪豹进行过旷日持久的大战：争森林，抢洞穴，占地盘。据理力争，不是它们的习惯，强者当权，最喜欢一味蛮干。野兽自有野兽的规矩，谁打赢了谁就是好汉。可说到底总不能打一辈子，爪子还有磨钝的时候。

有一天两个强者想暂且休战，它们要停止敌对冲突，把一切争端搁置一边，然后再签订一项持久和约，直到新的争执再次出现。

雪豹向狮子提议说："有关各自的秘书，我们俩应该尽快确定人选。秘书们自有明断，和约条款可按它们的意思办。我愿意让猫做我的秘书，它心地善良，虽然外表平凡。你的秘书最好指定驴子，它是官吏中一位要员。这里顺便提上一句，驴子在你手下最有才干！作为你的朋友恕我直言，依我看，一只驴蹄子，抵得过你的宫廷和元老院！让我们当面决定吧，由猫和驴子代表我们谈判。”

狮子听了点一点头，一句话也没有进行争辩。不过，它根本没有委派驴子，而是挑选狐狸参加和谈。久经世面的狮子暗自说道：“谁受敌人称赞，肯定是个笨蛋！”

剃　　刀

有一回我和一个熟人在途中相遇，在同一家旅店住了一宿。天亮时，我刚刚睁开眼睛，发觉我的朋友一副惊慌的神情。昨晚临睡前还开着玩笑无忧无虑的，现在他像换了个人似的——忽而呻吟，忽而惊叫，忽而叹息。

“怎么啦，亲爱的？你哪里不舒服？”“我正刮脸呢，哎哟哟，没关系！”“什么？刮脸？”我转过身朝他一看，只见他正含着泪水在照镜子，他皱着眉头、耸着鼻子，就好像被人家撕破了一层皮一样。我总算弄清了这场灾难的起因，就说：“真怪！你怎么这样折磨自己？瞧！那不是刮脸刀，简直就像钝锯一样！你哪里是在刮脸，分明是自讨苦吃吗！”“我承认剃刀很钝，哎哟哟，老弟！这一点谁会不懂？咱又不是笨驴。不过使用快剃刀，我怕把脸皮刮破。”“朋友，我得诚心诚意地告诉你，钝剃刀是最容易刮破脸皮的，而快剃刀使用起来才是最保险的，会不会用，全靠你去学习了。”

我想把这则故事稍加引申：许多人，尽管他们不承认，见到别人机警聪明就心虚害怕，因而他们喜欢手下有一帮蠢人。

浪荡公子和燕子

有个浪荡公子，继承了大笔遗产。他挥金如土寻欢作乐，花了个一干二净不剩一文钱。到最后只留下一件皮袄，这也只是因为正当冬天，他害怕户外刺骨的严寒。

可不久败家子又卖了皮袄，原因是他看见了一只飞燕。不用说谁都晓得这一点：既然燕子飞到身边，说明春天已近在眼前。败家子心想皮袄再无用处，因为春天里大自然一片和暖，寒冷被驱向荒凉的北方，谁还傻乎乎再把皮袄穿？

浪荡公子打着如意算盘，不过他忘记了民间的农谚：一只燕子带不来春天。

天气果真又转为料峭春寒，一车队在积雪上吱吱作响，烟囱里冒着柱状的炊烟，窗上的冰花连成了一片。

浪荡公子冻得直掉眼泪，他看见报春的那只紫燕，冻僵在雪地上不能动弹。败家子走到燕子跟前，说话时浑身颤抖咬紧牙关："可恶的燕子，你必定完蛋！指望你，我才受了欺骗，提前卖了皮袄，落得自受熬煎。"

苍蝇和旅客

七月里炎热的中午，山路上蒙着沙土，一辆轿式篷车套着四匹马，拉着行李和贵族老爷一家，艰难地上山。

马匹已很疲惫，车夫手忙脚乱。车辆停了，车夫从驭座上下来，和仆人一起从两边挥舞皮鞭，轿式篷车却一动不动。老爷、太太，他们的女儿、儿子，还有家庭教师不得不下车，由此可知篷车该有多么重；马匹用力，车轮旋转，但沿着沙路上山艰难而又缓慢。

这时飞来一只苍蝇，拼命地嗡嗡叫，它想露一手做个解救危难的英雄！苍蝇乱飞，环绕在篷车四周，忽而在辕马面前盘旋，忽而在梢马的脑门儿上叮一口，忽而代替车夫降落在驭座，不然就撇下马匹，在人们中间飞来飞去纠缠不休，恰似承包商在市场上来回奔走。

唯独一件事让它不满，没有一个人愿做他的帮手：几个仆人跟在后面随便闲聊；家庭教师陪太太小声交谈；老爷忘记了遇事该由他做主，竟带着女仆去松树林里采蘑菇；而那只苍蝇一直嗡嗡不停，似乎只有它在为大家忙碌。

这时候几匹马一步一步用力拉，终于把篷车拉上了平坦的路。苍蝇说："好啦，谢天谢地！请各位上车坐好，祝你们一路顺利。我的翅膀已飞得疲乏，现在该让我休息休息。"

世界上这样的人物很多，他们喜欢处处露上一手，他们爱忙碌、爱张罗，虽然没有人提出请求。

金　币

教养是否有用？当然有用，不言自明。但我们常常误认不教养就是追求豪华，甚至是沉溺于淫靡之风。因此需要细细甄别，剥去人们粗俗的外壳，不要伤害他们的善良本性，不要损害他们的气质，不要伤及他们的心灵，不要让他们失去淳朴，不要徒有其表、浪得虚名。这是一条神圣的真理，足够填充一部巨著的内容。但严肃的说教并非人人都喜欢，那我就半认真半开玩笑地讲一则寓言故事给你们听。

农夫在地里捡了一枚金币，出土的金币锈迹斑斑。有些人想换这枚金币，愿意出三捧铜钱。“等一等，”农夫盘算，“我要想一个办法，让他们的价钱多出一倍，来跟我的金币交换。”他立刻找来了沙子、白垩和半头砖。说干就干！农夫使出浑身力气，打磨那枚金币，用砖头擦，用沙子磨。总而言之，擦得金币发热，磨得金币光彩熠熠。然而金币的分量却减轻了，失去了它原有的价值，这却是农夫始料不及的。

不信神的人

古时候有一个部落，与其他部落不和，因为这个部落的人都很残忍，他们舞刀弄棒居然想反抗天神。千面旗帜开道，暴乱的人群有的拿着弓箭，有的带上投石器械，一路吼叫奔向原野。他们的头领更是狂妄大胆，为了煽动起更大的暴乱，他大声喊叫：“上天严厉却不公道，天神昏聩无能，他只知道睡觉，现在教训天神的时刻已经来到了！”他们还说什么能够从山巅把石头一块块抛上天去，还能把箭射向奥林匹斯山。

奥林匹斯山众神见暴徒如此放肆，就聚在一起祈求宙斯，请他平息骚乱显示威力。众天神一致建议，为震慑暴徒最好能用神奇的手段：或让山洪暴发，或动用霹雳，不然就从天上降落石头雨。宙斯说：“稍等片刻，如果暴徒们不畏天神继续作恶，他们必将自取其祸！”

这时候反抗天神的暴徒们，纷纷向天空抛掷石头，弯弓射箭，但石头和箭从空中又落向地面，数千歹徒死于非命，无一幸免。

不信神明必自食恶果，亵渎神明的人胆大妄为，雷霆的箭已瞄准了你们，你们毁灭的时刻已经来临了。

分利钱

有几个诚实的商人,共有一座楼房和一处货栈,他们赚的钞票堆积如山,现在结束营业了要均分利钱。分东西怎能不争吵呢?为货为款他们吵成了一片。

忽然,有人惊叫楼房失火了,一个商人当即呼喊:“快!快抢救货物!快!快抢救货栈!账目以后再算吧!”

另一个商人尖叫:“我绝不离开这里,必须先给足我一千!”

第三个商人连吵带嚷:“还欠我整整两千!看,全写在账册上面!”

“不行!不行!我们不干!凭什么给你?为什么给你?怎么能够这么办呢?”

商人争吵起来,完全忘了楼中的大火,你吼他叫乱成一团,滚滚浓烟笼罩了一切,熊熊烈焰吞没了商人,烧光了他们的全部货款。究其原因,是贪欲作怪:身居困境不能同舟共济,而是勾心斗角只图牟取私利。

长官和哲人

一个节日午后,长官和哲人闲谈款叙。长官说:“你相当了解世俗,洞悉人心好似谙熟典籍。为什么我们每做一件事,无论是选拔法官还是举荐学士,只要你偶然回避,稍有疏忽,就会钻进来一批粗俗透顶的家伙?难道没有对症的药剂可以防范他们吗?”

哲人回答说:“无计可施。你我彼此讲话无需兜圈子,上流社会的位子犹如木头房子。”

“此话怎么解释?”

“比如近日我建成一座新居。主人还没有搬进去,而蟋蟀却早已住在那里了。”

落网的熊

熊,陷进了罗网。远离死神谁都敢笑谈死亡,死亡临头,可就大不一样。对于死,熊想都不愿想。它本打算挣扎一番,无奈周身缠着绳网,四处是猎犬、钢叉和猎枪,纵然想搏斗,有劲使不上。

熊灵机一动,耍了个心眼儿,冲着猎人开口讲:“朋友,我哪点儿得罪了你?你要我的脑袋能有什么用场?莫非你真正相信人家对熊的诽谤?认为熊果真凶恶?哎哟哟,我们完全不是那样!以我为例,邻居都能证明,野兽中唯独我不触犯死人,我的品德无可责备堪称高尚。”

猎人听完对熊说道:“你敬重死者值得赞扬,不过一旦有机可乘,你却不放活人逃出熊掌。你还不如去吃尸首,而让活人不受损伤。”